NOTE DE L'AUTEUR

Entre octobre 2019 et février 2020, j'ai rencontré des jeunes scouts du Centre-du-Québec pour parler de leurs peurs avec eux. J'en ai tiré des légendes modernes, inspirées des craintes des préados d'aujourd'hui. Les clins d'œil à des lieux réels et à des légendes locales sont tout à fait possibles.

Légendes étranges

pour une NUIT sans LUNE

LES ÉDITIONS
Planète rebelle
Fondées en 1997 par André Lemelin,
dirigées par Marie-Fleurette Beaudoin de 2002 à 2021
dirigées par Luca Palladino depuis 2022

2247 avenue Marcil, Montréal, Qc, H4A 2Z2
info@planeterebelle.qc.ca — planeterebelle.qc.ca

Catalogage avant publication de Bibliothèque et Archives nationales du Québec et Bibliothèque et Archives Canada

Titre: Légendes étranges pour une nuit sans lune / Mathieu Fortin.
Noms: Fortin, Mathieu, 1979- auteur.
Description: Contes.
Identifiants: Canadiana 20230055001 | ISBN 9782925142645 (couverture souple)
Classification: LCC PS8611.O7775 L44 2023 | CDD jC843/.6—dc23

978-2-925142-64-5 (Papier)
978-2-925142-65-2 (PDF)
978-2-925142-66-9 (ePub)

Texte: Mathieu Fortin
Illustration de couverture: Laurent Pinabel
Édition: Luca Palladino
Conception et mise en livre: Anne-Laure Jean
Révision linguistique: Corinne De Vailly
Corrections: Lucy Genais

Dépôt légal, 2e trimestre 2023
Bibliothèque et Archives nationales du Québec et Bibliothèque et Archives Canada

Distribution pour le Canada Dimedia

Distribution pour l'Europe Distribution Nouveau Monde

Achevé d'imprimer en avril 2023 sur les presses de Gauvin
Imprimé au Canada

Planète rebelle est mise en orbite grâce aux subventions du Conseil des arts du Canada, du gouvernement du Canada, de la Société de développement des entreprises culturelles du Québec et grâce au Programme de crédit d'impôt pour l'édition de livres du gouvernement du Québec (gestion SODEC).

Canada Conseil des Arts du Canada Canada Council for the Arts SODEC Québec

Mathieu Fortin

LES ÉDITIONS
Planète rebelle

À tous ceux qui se racontent
des histoires au coin du feu…

Mathieu Fortin

Le fantôme du feu de l'église	11
Le monstre de Bécancour	21
Le local de retrait	31
La toilette rouge sang	39
Doux, doux	47
Le chêne carnivore	55
Le sacrifice de la sorcière	63
Trois morts, rue du Meurtre	73
Ne répondez pas	81
Les esprits du lac	89
La voix de la bête	101
La vidéo maudite	111
Un reflet dans la nuit	119
Chat qui parle, chat qui tue	125
Aucune issue	133

Le fantôme du feu de l'église

Cette histoire-là s'est passée près d'un camp, à côté d'un village de Bécancour. Tu sais, des endroits comme ça, il y en a un peu partout dans la province. Ils servent à accueillir des groupes de campeurs. Si chacun possède ses légendes, celui-ci a donné naissance à la plus funeste d'entre elles.

Le camp dont je te parle appartenait aux cadets de l'Air. Ceux-ci y tenaient leurs activités spéciales, de temps en temps, et le louaient à d'autres organisations pour des weekends spéciaux.

Cette année-là, juillet était sec. Les feux à ciel ouvert étaient interdits. Les jeunes étaient déçus. Je les comprends : un camp d'été sans guimauves grillées, saucisses braisées et histoires de peur, ce n'est pas un vrai camp.

Pour faire plaisir aux jeunes, les animateurs des cadets ont décidé de ne pas respecter la consigne. Ils se sont dit qu'un seul feu de joie, un unique soir, c'était sans conséquence.

C'était une erreur.
Un grave manque de jugement.

Ils ont choisi une nuit de pleine lune où le ciel était dégagé, sans aucun nuage. Ils voulaient que les ados se souviennent de cette soirée-là. Les grenouilles coassaient autour du camp, tandis que les jeunes s'assoyaient près du grand cercle de pierres. Une empilade de bouts de bois et de feuilles de journaux chiffonnées attendait l'étincelle qui allait l'enflammer.

Des ombres s'étiraient entre les branches quand un animateur a allumé l'immense bûcher. La lueur orangée des flammes a baigné les visages de reflets inquiétants. Les enfants ont été frappés par la chaleur alors que le feu montait vers le ciel dans l'air aride. Des tisons se sont élevés et ont frôlé la cime des conifères assoiffés. Les aiguilles sèches des pins se sont embrasées instantanément. Les flammes se sont immédiatement répandues dans tous les arbres autour de la grande place.

En quelques minutes, les chalets des cadets flambaient, eux aussi. Les jeunes étaient presque encerclés par l'incendie. Rapidement, ils se sont faufilés dans le sentier qui menait au village. Le feu courait plus vite qu'eux. Déjà, l'enfer dévorait les premières maisons.

Les cadets sont arrivés au village dans la panique générale. La lumière blafarde de la lune peinait à percer l'épaisse fumée noire qui s'élevait vers les cieux. Les rares lueurs qui éclairaient les visages inquiets des villageois étaient celles des flammes. Elles les nimbaient de rouge et d'orangé.

Peux-tu croire que l'endroit n'avait qu'un seul camion d'incendie ? Il ne pouvait suffire à sauver les bâtiments. Les pompiers volontaires dirigeaient les évacuations des villageois. Les cadets ont été installés dans des voitures qui partaient. Après chaque véhicule qui passait, les combattants du feu vérifiaient que la maison des occupants était maintenant vide. Ils se sont ensuite placés devant l'église avec leur camion pour essayer de protéger le bâtiment sacré.

Il n'y avait personne dans la maison de la famille Letendre. La voiture n'y était pas stationnée. Les pompiers ignoraient que Bruno Letendre était parti à son chalet pour la fin de semaine. Ils ne savaient pas que sa femme, Berthe, et leur fils, Benjamin, étaient demeurés au village. Ils ont tout compris après les événements.

Personne ne soupçonnait que Berthe avait endormi son fils souffrant de terribles coliques en lui chantant des berceuses dans l'église. L'écho de la voix de sa mère décuplée par les parois de pierres était la seule médecine qui calmait l'enfant.

Tous ignoraient que Berthe s'était, elle aussi, assoupie. Elle s'est réveillée dans l'église en proie aux flammes et abandonnée par les pompiers.

Paniquée, Berthe a tenté de sortir, mais le feu était trop vif. Pour sonner les cloches, elle est montée dans le clocher, le petit Benjamin collé contre son cœur. En arrivant en haut, elle a frappé les cloches à coups de pied jusqu'à ce qu'elles se balancent.

Les pompiers ont entendu les tintements, mais ils ne sont pas revenus. Ils croyaient simplement que c'était l'église qui brûlait, les cloches soulignant de leur mélodie la destruction du village. Heureusement, le plus jeune des pompiers, lui, a regardé derrière.

Il a vu de loin la silhouette de Berthe, en équilibre sur le toit, pendant que les murs flambaient. Le camion d'incendie s'en est retourné vers le village, fonçant à toute vitesse sous les cris des pompiers. Dans un grand geste dramatique, Berthe s'est lancée dans le vide. Elle espérait sauver son fils en atterrissant dans la piscine municipale, tout près.

Au même moment, les réserves de gaz de chauffage du bâtiment sacré ont été atteintes par les flammes. L'explosion a soufflé tout ce qu'il restait de la bâtisse de pierres.

Les corps de Berthe et de Benjamin n'ont jamais été retrouvés. Tout ce que les pompiers ont récupéré dans les décombres, c'est la couverture préférée de Benjamin. Le bout de tissu bleu décoré d'oursons avait coulé au fond de la piscine. C'est ce qui a été enterré dans le cimetière, tout juste avant le début des travaux de reconstruction du village.

L'histoire pourrait s'arrêter ici, et ce serait un drame rural commun, comme il en existe sûrement des dizaines. Mais voyez-vous, des bruits étranges ont commencé à se faire entendre, peu de temps après la reconstruction des maisons.

Les plaintes résonnaient, autant dans l'église que dans le cimetière.

L'histoire ne dit pas qui, en premier, a essayé de comprendre les pleurs qui déchiraient la nuit. Ce que je sais, c'est que les cadets faisaient le ménage des sépultures pendant leur camp. Chaque année, de nouveaux jeunes étaient là et entretenaient le gazon, enlevaient les vieilles fleurs et les feuilles mortes.

Un jour, un ado a entendu des pleurs d'enfant en nettoyant la tombe de Berthe et de Benjamin. Il a fait le tour de la pierre tombale une première fois, sans rien voir. Il a continué sa ronde pour un deuxième tour, toujours rien.

Les sanglots étaient de plus en plus forts. Il a fait un troisième tour. Et là, c'est arrivé. Un hurlement déchirant provenant du clocher est venu le happer. Il a levé les yeux au ciel à temps pour graver dans sa mémoire une terrible vision qui le hantera pour toujours.

Berthe Letendre, en équilibre sur le rebord du toit du bâtiment sacré, s'est laissée tomber vers l'ado. Elle tenait son bébé dans les bras, bien emmitouflé dans sa couverture bleue brodée d'oursons.

Après ça, le jeune entendait toujours les pleurs du poupon. Dès qu'il regardait vers l'église, il apercevait la silhouette qui tombait vers le sol.

Il a fini par refuser de sortir de chez lui. Tout ce qu'il voyait, tout ce qu'il entendait, c'était ça.

Les cadets de l'air ne sont jamais retournés dans ce camp-là. Plus tard, d'autres gens ont été témoins du phénomène des pleurs près de la pierre tombale. Tous ceux et celles qui tournaient trois fois autour de la sépulture ont été condamnés à voir Berthe et Benjamin plonger la tête la première d'un clocher.

On raconte même que ces pauvres gens ne peuvent plus regarder une église sans voir la mère désespérée prendre son vol. S'ils s'approchent d'un cimetière, ils entendent le bébé pleurer.

Ils ne peuvent le faire cesser.

En tout cas, tout ce que je veux te dire, c'est d'éviter ce village-là si tu roules au Centre-du-Québec. Si tu n'as pas le choix de passer par là, ne te rends pas au cimetière.

Et si jamais tu dois t'y aventurer, évite la tombe de Berthe Letendre. Si tu la trouves, surtout, mais surtout, ne tourne pas trois fois autour.

À moins que tu aies envie, toi aussi, de vivre hanté le reste de ta vie.

**Une légende inspirée
des louveteaux de Gentilly.**

Le monstre de Bécancour

Cette histoire-là m'a été racontée par un vieux pêcheur de Bécancour qui avait un peu trop bu, un soir où je pêchais sur le bord de la rivière Euclide-Pelletier.

Le vieux loup de mer m'a dit que cet endroit s'appelait la rivière Puante, avant, et que lui seul savait d'où venait ce nom et pourquoi il en avait changé. Il m'a dit que je ne le croirais jamais s'il me le racontait. Je l'ai mis au défi...

Personne ne savait exactement d'où provenait le nom d'origine de la rivière Puante.

Ç'aurait pu être à cause des rats musqués qui y habitaient, mais les rumeurs racontaient autre chose. On disait que cette odeur-là était comme un souvenir.

Comme si l'affreux parfum des lieux évoquait toutes les tragédies qui s'étaient produites sur cette berge.

Certains prétendaient que c'était le souvenir des dizaines de guerriers des Premières Nations morts tout près. Deux nations s'étaient fait la guerre sur les berges de la rivière. D'autres disaient que c'était en mémoire des bateaux qui s'étaient échoués dans la région. D'autres encore racontaient qu'avant, on utilisait des bateaux-corbillards à Bécancour. Parfois, ces barques de cadavres dérivaient dans le courant avant de couler dans le fond du fleuve.

Et certains croyaient à Polly, le monstre du lac Saint-Paul. On disait que cette créature mythique était connue des Abénakis, qui fuyaient la rivière Puante pour éviter que le monstre ne les dévorent. Elle avait terrifié les Acadiens qui fabriquaient des bateaux près de ce lac, au début de la colonie. Les habitants de Wolinak les avaient pourtant avisés de ne pas construire leurs navires au lac Saint-Paul. Ils n'avaient pas écouté les avertissements et on racontait que Polly les avait décimés.

On disait que Polly ressemblait à un requin croisé avec un crocodile, de la grosseur de trois hommes. On le voyait sous la surface, aux embouchures des rivières de Bécancour, chassant de nuit les bancs de poissons, ne laissant derrière lui que des carcasses bercées par les marées.

On disait que le pire endroit pour le croiser, c'était dans la rivière Puante, comme si l'eau pestilentielle le rendait agressif, incapable de contenir sa violence.

Tout ça, c'était du passé. Même si on avait nettoyé le fond de la rivière, filtré et oxygéné le limon, l'odeur persistait. Personne ne savait pourquoi.

Sauf Augustin Pelletier, qui a découvert la vérité par une nuit sans lune.

Augustin était pêcheur. Comme son père. Comme son père avant lui et, comme d'autres vieux loups de mer, il naviguait à l'embouchure de la rivière. C'est là, dans les eaux calmes, que les prises étaient bonnes. C'était surtout la nuit, quand les poissons revenaient du lac Saint-Pierre que ça sautait. Les carpes et les perchaudes se regroupaient à la lueur des étoiles et repartaient, au matin, vers le lac.

Ces poissons-là, il fallait donc les pêcher très tôt, à l'aube, idéalement en pleine nuit. As-tu déjà navigué de nuit ? Si oui, tu sais qu'un cours d'eau tranquille ressemble à un abîme sans fond. On dirait parfois un miroir qui donne l'impression de refléter nos plus sombres pensées.

Augustin Pelletier a appris à ses dépens pourquoi la rivière Puante était appelée ainsi. Du moins, c'est ce qu'il en a déduit du drame qu'il a vécu.

Il traînait, dans sa chaloupe, une canne à pêche et une épuisette, comme tout bon pêcheur. Toutefois, son outil le plus précieux était un harpon en métal aux deux grandes dents de fer très aiguisées. Une lame capable de percer les écailles épaisses et le cuir dur de Polly. Un harpon assez puissant pour tuer un monstre marin meurtrier.

Depuis une soirée fatidique, Augustin essayait d'attraper le monstre. Le soir où son père s'était trop penché près de l'abîme sans fond et d'une bouchée, était passé de l'autre côté du miroir d'eau. D'un coup de gueule, la bête avait avalé Euclide Pelletier. Augustin avait été projeté dans l'eau sombre et s'était débattu pour sortir de la rivière Puante. Il avait aperçu les crocs gigantesques, la queue immense et, surtout, la gueule énorme qui avait fait disparaître Euclide. Chaque année, de la fonte des glaces jusqu'à ce qu'elles reviennent, Augustin Pelletier tentait d'attraper Polly pour venger la mort de son père. Chaque année, il essayait de prouver à tous ses détracteurs que le monstre existait vraiment, que les légendes disaient vrai et que Polly était à l'origine des odeurs nauséabondes de la rivière.

Et finalement, un soir sans lune où l'eau était lisse, sans aucune vague, comme une grande flaque d'huile noire, la barque d'Augustin était immobile et le pêcheur restait attentif.

Des clapotis à sa gauche lui ont fait tourner la tête. Un léger bruit à sa droite l'a obligé à se retourner. Pourtant, il ne voyait rien.

Il a ouvert sa lanterne sourde, qui éclairait très peu.

C'est là qu'il les a aperçus. Dans le fond de l'eau, les cadavres étaient bien alignés, paupières closes et mains jointes sur la poitrine. Il y avait des centaines d'hommes, de femmes et d'enfants couchés sur le lit de la rivière. Des algues avaient poussé dans leurs narines, dans leurs oreilles et dans les nombrils de certains. Sur leur peau blafarde aux reflets verdâtres, des centaines de moules proliféraient.

Dans le silence profond, Augustin Pelletier était hypnotisé. Il n'a pas pensé à son harpon. Il n'a fait aucun geste.

Les corps se sont mis à bouger. Les bras se sont élevés, les yeux se sont ouverts et les morts ont commencé à remonter vers la surface. Augustin se battait contre la paralysie qui l'avait envahi, quand les macchabées aquatiques ont commencé à s'agripper à sa chaloupe. Leurs doigts putréfiés imprimaient leurs marques dans le bois, comme si l'embarcation n'était pas rigide.

C'est là qu'Augustin l'a vu, dans le fond de l'eau. C'était un bateau gigantesque. Son mât rappelait une queue de crocodile. Sa coque brisée ressemblait à une gueule et ses éclisses de bois étaient semblables à des crocs immenses. En clignant des yeux, il avait l'impression que l'épave était vivante, monstre marin infernal emprisonnant ses victimes au fond de la rivière.

Le bateau est remonté vers la surface. Augustin a été envahi par le souvenir de la nuit fatidique. Il a revu son père, avalé par les dents de Polly. Il a vu, dans sa mémoire, le monstre et le bateau se confondre.

Les morts-vivants ont délaissé le bateau d'Augustin Pelletier pour sauter sur leur navire maudit dès que le pont en a émergé. Mais le pêcheur voyait la grande queue du monstre battre les flots, et sa tête osciller au-dessus de lui, toutes deux menaçantes.

Parmi les morts, un homme s'est avancé. Les anémones qui recouvraient son visage n'ont pas empêché Augustin de reconnaître son père, qui lui a désigné le harpon.

Le pêcheur est sorti de sa transe. Il a compris que le monstre et le navire étaient liés. Il a saisi son arme, il a bien visé et il a tiré sur Polly.

La lame a traversé la silhouette du monstre et a percé le bois du bateau. Au même moment, le tonnerre s'est mis à gronder. C'était peut-être le cri de mort de la créature fabuleuse. Les nuages, qui avaient envahi le ciel, se sont déversés en une pluie nauséabonde. À la lueur de sa lanterne, Augustin a vu que l'averse était rouge foncé, comme du sang.

C'était peut-être le sang de Polly qui l'aspergeait.

Il a vu le bateau s'élever, comme s'il naviguait sur l'ondée sanglante. Son père lui a fait un sourire en crachant une étoile de mer, qui est retombée sur le cadavre du monstre marin qui coulait vers le fond de la rivière.

Dans les jours suivants, l'odeur de la rivière Puante a changé.

Son nom n'était plus très approprié.

Seul Augustin savait pourquoi le cours d'eau avait été libéré de son odeur affreuse. Il n'avait raconté à personne que la puanteur provenait des cadavres morts-vivants conservés dans la carcasse d'un bateau hanté retenu par un monstre marin qu'il avait tué d'un coup de harpon.

Au lieu de tout raconter, il a suggéré qu'on donne à la rivière le nom de son père.

C'est pour ça que, si tu parles avec les gens de la région, ils utiliseront encore le nom « rivière Puante ». Mais si tu regardes les panneaux qui identifient le cours d'eau, tu liras « rivière Euclide-Pelletier ».

Augustin m'a dit que personne n'aurait cru une telle histoire.

Lui-même n'était pas certain de pouvoir faire confiance à sa mémoire.

Et moi ?
Je ne suis toujours pas certain d'y croire.

**Une légende inspirée
des louveteaux de Gentilly.**

Le local de retrait

Cette histoire-là s'est déroulée quelque part dans le bout de Victoriaville.

C'était dans une école où le local de retrait était un peu particulier. Au départ, il n'y en avait pas, mais une année, un garçon très turbulent en a eu besoin.

L'école n'avait aucune classe libre et surtout, aucun budget pour qu'un surveillant s'occupe d'un seul élève.

Heureusement, le directeur avait un placard qui ne servait à rien dans son bureau. C'était un local pas très grand, avec des étagères métalliques vides le long des murs. Et une porte sans fenêtre.

C'était cruel, mais pour l'époque, c'était la seule solution. Donc, le placard avait été aménagé avec un pupitre et une chaise. Comme ça, le jeune en retrait pouvait quand même effectuer ses travaux. Le directeur laissait la porte ouverte et jetait un coup d'œil sur le jeune délinquant de temps en temps. Au besoin, le grand patron de l'école pouvait aussi fermer la porte, car le jeune ne devait pas entendre tout ce qui se disait dans le bureau.

Le placard de punition n'était pas utilisé souvent. Les élèves avaient entendu la rumeur : s'ils dérangeaient, ils allaient se retrouver enfermés dans la garde-robe. Ils craignaient ce tout petit endroit sans fenêtre, surtout qu'ils étaient presque certains d'y passer la journée entière.

Tu sais ce qui est arrivé, une année ? Un garçon était souvent martyrisé par les autres. Il y avait quelques gamins qui ne le laissaient jamais tranquille. Tu sais ce que c'est: ils étaient discrets, subtils, et ils ne se faisaient jamais surprendre.

Un jour, le garçon timide en a eu assez de ce taxage. Il a attendu les autres, un matin, au même endroit que d'habitude. Souvent, il devait donner son argent de poche, il perdait sa collation ou son repas. Souvent aussi, il se retrouvait avec des bleus parce qu'on le poussait.

Pas ce jour-là, il avait préparé une vengeance, quelque chose qui allait inciter ses camarades à lui foutre la paix. Quand ses tortionnaires sont arrivés, il a mis son plan à exécution.

Je ne peux pas te dire ce que c'était, parce que je ne le sais pas et ce n'est pas important.

Ce qui est marquant dans cette histoire, c'est qu'il y a eu un témoin. Une enseignante a vu ce qui s'était passé. Même si elle savait que ce petit gamin-là n'était pas méchant, que c'est lui qui se faisait taxer, elle n'avait pas le choix d'agir. Elle était accompagnée de ses élèves, et elle devait donner l'exemple.

Le petit garçon, habituellement si sage, s'est donc retrouvé dans le bureau du directeur, dans le placard des punitions. Il pleurait, il essayait d'expliquer la situation mais, sans preuve de l'intimidation, il ne pouvait rien faire.

Le garçon s'est retrouvé prisonnier du placard. Ce qu'il avait fait était si grave qu'il devait passer une semaine entière dans le garde-robe. Tous les jours, ses parents devaient l'emmener à l'école, directement au bureau du directeur. Il passait toute la journée dans le cagibi, il dînait même sur place, dans le local clos. Ses parents venaient le chercher après l'école.

En une semaine, à cause de la porte souvent fermée, le garçon a décidé d'explorer le placard.

Ce n'était pas bien grand, mais il y a quand même trouvé une trappe. Elle était sous l'étagère de gauche qui n'était pas fixée sur place. Il n'avait presque pas besoin de la bouger pour avoir accès à l'ouverture.

Le troisième jour, le directeur a fermé la porte en disant qu'il avait une réunion importante. Le gamin savait qu'il avait le temps d'explorer. Il a poussé l'étagère en silence et a ouvert la trappe.

Une échelle était vissée dans la paroi de béton. Il l'a descendue lentement, parce qu'il faisait noir de l'autre côté.

Il est arrivé en bas dans la pénombre. Il a entendu un gros bruit provenant du dessus de lui. Il s'est mis à paniquer. Il est remonté en vitesse, mais c'était la trappe qui s'était refermée.

Il n'était pas capable de pousser sur le battant pour qu'elle s'ouvre. Il a crié jusqu'à en avoir mal à la gorge, mais rien à faire. Il était pris dans un local où il faisait un noir presque total.

Il est redescendu pour trouver une autre issue, mais ce n'était qu'une toute petite pièce. De vieux pupitres y étaient entreposés. Un peu de lumière provenait d'une fenêtre, dans un coin, dissimulée par de l'herbe et de la terre.

Il a essayé d'empiler des pupitres pour y grimper, mais ce n'était pas stable. Il est tombé une fois, deux fois, trois fois. À chaque tentative, il se blessait de plus en plus.

Il a décidé d'attendre. Quelqu'un allait bien se rendre compte qu'il avait disparu.

Lorsqu'il est revenu dans son bureau, le directeur n'a pas vu le gamin. Il a cru que la secrétaire l'avait fait sortir.

Il n'a pas remarqué que l'étagère avait été déplacée.

Tu vas me dire que les parents du garçon ont bien dû finir par arriver. T'as raison, ils s'en allaient vers l'école quand ils ont eu un accident. Un camion-citerne a foncé sur leur véhicule. L'essence s'est embrasée, et les parents sont morts brûlés dans la voiture.

Personne ne savait que le garçon n'était pas là. Tout le monde pensait qu'il était dans la berline à ce moment-là. On a tenu pour acquis qu'il avait péri avec ses parents.

Le garçon, lui, a crié, hurlé, crié encore. Sans succès. Il ne pouvait pas savoir que le directeur partait en vacances pour deux semaines, même si l'école était ouverte.

Il a tenté de nouveau d'atteindre la fenêtre, plusieurs fois, sans succès.

Tout le monde a oublié le garçon après l'enterrement de sa famille.

C'est seulement quand l'école a été rénovée qu'on s'est souvenu de lui.

Les entrepreneurs, en souhaitant agrandir le bureau du directeur, ont découvert la trappe dans le placard.

Quand ils l'ont ouverte, ils ont trouvé le squelette du garçon, près de bouteilles d'eau vides, provenant d'une caisse oubliée là autrefois par des ouvriers.

Et les traits qu'il avait gravés sur les murs montraient qu'il avait survécu pendant deux semaines tout seul, sous le local de retrait.

Une légende inspirée des louveteaux de Victoriaville.

La toilette rouge sang

Si tu passes par Drummondville, assure-toi de ne pas avoir besoin d'aller aux toilettes. Sauf si tu es chez quelqu'un que tu connais, évidemment. Parce qu'à Drummond, les toilettes publiques sont dangereuses.

Si ton envie est urgente, entre et utilise la toilette. Si elle est rouge, sois vraiment prudent.

Tu peux t'en servir, même si tu as l'impression qu'elle est recouverte de sang frais.

Mais ne t'assois pas.

Il ne faut pas que tu touches au siège. Même si tu es une fille, tu dois t'arranger pour ne pas poser les fesses sur le banc. Et n'arrose pas non plus. Assure-toi de bien viser.

Parce que si tu fais ça, tu risques de la réveiller. Pas la toilette rouge sang.

L'esprit dans la cabine. L'écolière à la cape vermeille.

La légende dit que les enfants qui la réveillent, sans le vouloir, la voient apparaître devant eux. Elle a d'épais cheveux noirs, des yeux en amande et un visage blanc qui scintille d'une lueur malsaine.

Elle porte un grand vêtement rouge de forme indéfinie. C'est peut-être une robe ou une longue cape dont elle se drape. Chose certaine, le linge rappelle la couleur de la toilette, comme s'il était le prolongement du bol amarante.

Ceux qui croisent son regard se retrouvent prisonniers de la noirceur de ses iris. Impossible de détourner les yeux.

Mais attention, si ça t'arrive : il ne faut pas que tu te laisses prendre au jeu. Tu dois garder la tête froide et respirer profondément, parce que la concentration est essentielle.

La fille de la cabine va te poser des questions. Elle voudra savoir si tu la trouves belle, et tu devras répondre « non ».

Je comprends si tu penses que tu dois lui dire « oui » pour éviter qu'elle se fâche. Non, c'est un piège. Si tu dis « oui », tu recevras son baiser, et ses lèvres mortelles ne te laisseront aucune chance. Tu seras empoisonné par son haleine de salle de bain d'école. Tes lèvres porteront une légère teinte rougeâtre que tu seras incapable d'enlever.

Tu mourras dans d'atroces souffrances, mais pas tout de suite. Plus le temps passera, plus tes lèvres prendront la couleur cerise de son vêtement et de la toilette rouge sang.

Si tu as réussi à éviter le piège, elle ne sera pas contente, mais elle ne pourra pas te toucher. Elle te demandera si tu connais son nom, et tu devras répondre « oui ».

Je sais que tu l'ignores, mais tu dois jouer le jeu. Si tu lui dis la vérité, elle se fâchera. Elle t'attrapera avec ses deux grandes jambes à la peau aussi sanguine que son vêtement. Elle les enserrera autour de ta gorge. Elle te libèrera avant que tu t'étouffes, mais elle laissera une marque rouge sur ton cou.

Tu mourras plus tard dans d'atroces souffrances. Cette trace sera pâle, au début, une mince ligne presque invisible. Après un moment, elle prendra de plus en plus de place et deviendra de plus en plus foncée. Elle adoptera la teinte brique de son vêtement et de la toilette rouge sang.

Si tu réussis à éviter le piège, elle sera curieuse et te demandera de lui dire son nom. Tu devras répondre sans tarder qu'elle le sait et n'a pas besoin qu'on le lui rappelle.

Elle sera fâchée que tu aies déjoué le piège, et tu pourras enfin partir.

Mais il ne faut vraiment pas que tu hésites. Pas même une seconde. Cela te serait fatal.

Si tu attends, elle tendra une main aux ongles du même rouge que son vêtement et que la toilette rouge sang.

Elle bougera plus vite que tu ne puisses l'imaginer. Elle tracera, avec ses griffes, une rapide marque sur ta joue droite. Cette cicatrice ne sera qu'une mince ligne pâle, au départ, mais la coupure ne cicatrisera pas. Elle enflera un peu plus chaque jour. Elle deviendra plus foncée, pour adopter la même teinte rouge que son vêtement et que la toilette rouge sang.

Tu ne pourras pas vraiment oublier ta rencontre avec l'esprit de la cabine. Peut-être qu'elle sera enfouie loin dans ta mémoire et que son souvenir reviendra te visiter dans tes cauchemars.

Et un jour, tu entreras dans une salle de bain publique en ayant de grandes difficultés à marcher. Tu te regarderas dans le miroir et tu verras que tu as changé. Tes cheveux seront rendus longs et noirs. Tes yeux seront étirés en amande. Ton visage sera d'un blanc laiteux, presque phosphorescent. Tes lèvres seront rouges. Ta gorge sera rouge.

Tes vêtements, peu importe ce que tu portes, prendront une teinte qui deviendra de plus en plus vermillon. Ils se changeront en rouge sombre, épais, qui rappelle celui du sang qui coule dans tes veines.

Tu auras mal au ventre, d'une douleur intense. Elle sera plus forte que tout ce que tu as pu ressentir dans ta vie.

Tu te précipiteras vers la cabine la plus près, pour t'asseoir sur la toilette. Tu deviendras de plus en plus rigide, comme si tous tes muscles, toute ta peau, se transformaient en porcelaine.

Tout sera froid, tu auras l'impression que cette perte de chaleur se fait vers le bas. Tu ne pourras pas te lever.

Puis, tout deviendra rouge autour de toi. Tu n'existeras plus.

La toilette sur laquelle tu t'es assis ne sera plus blanche, elle sera rouge comme le sang.

Et tu auras disparu pour toujours.

Tu seras devenu, toi aussi, un esprit de la cabine.

Une légende inspirée
des louveteaux de Drummondville.

Doux, doux

Cette histoire-là est arrivée à Cléa, une fille de 10 ans de Drummondville.

Tout a commencé quand son animal de compagnie, Sam, a disparu. Sam était un bon chien, qui répondait très bien quand on lui demandait de s'asseoir et de rester calme.

Il suffisait de dire « Doux, doux ».

Cléa l'avait cherché longtemps, dehors dans le quartier, mais elle ne l'avait pas trouvé. Cléa s'ennuyait de Sam, et elle passait des heures dans sa chambre à pleurer. Parfois, elle prenait de longs bains, pendant lesquels elle essayait de relaxer pour oublier sa peine.

Un soir, Cléa s'est endormie dans la baignoire et elle a fait un rêve dans lequel elle sortait de l'eau et enfilait son pyjama, mais son pied droit se collait dans le tissu. Elle tombait en direction de la porte de la pièce.

Puis, Cléa est passée à travers la porte comme si celle-ci était invisible. Elle flottait au-dessus du plancher. Elle a regardé vers le haut, et s'est déplacée dans cette direction. Quand elle a atteint le plafond, elle n'a rien ressenti, parce qu'elle passait à travers.

Dès qu'elle est arrivée dans le grenier, elle a senti quelque chose bouger. Elle a ressenti une présence, comme si on la regardait. Elle a tourné la tête à droite et à gauche, mais il n'y avait rien. Les craquements sinistres du grenier ont commencé à l'inquiéter, mais elle s'est rappelé qu'elle rêvait. Il ne pouvait rien lui arriver.

Elle tentait de se rassurer quand elle a senti une odeur qu'elle aurait reconnue n'importe où. C'était Sam.

Cléa a tourné la tête, et elle a aperçu son chien, bien assis, qui la regardait. Comme s'il la voyait. Cléa a tendu la main vers Sam, mais l'animal a grogné. Cléa a eu peur. Elle a retiré sa main, mais le chien a bondi vers elle. C'est à ce moment-là que la jeune fille s'est réveillée.

Elle était dans son lit. Ses draps étaient détrempés, comme si elle sortait de son bain. Elle était nue. Elle s'est mise à pleurer tout en s'habillant. Elle n'y comprenait plus rien. Elle s'est précipitée vers ses parents pour leur dire ce qui venait de se passer. Elle est sortie de sa chambre, mais elle s'est arrêtée net. Sur le sol, il y avait des traces de pattes.

De chien.

De *son* chien. C'était certain que c'était lui. Il avait perdu un coussinet du pied avant droit dans une bagarre avec un molosse. Et sur les traces, elle voyait l'absence d'orteil.

Elle a appelé ses parents. Ils ne répondaient pas. Pourtant, ils étaient à la maison. Il n'était pas si tard, ils ne pouvaient pas être couchés. En arrivant en haut de l'escalier, Cléa a aperçu quelque chose par terre.

Du sang. Il y avait des gouttes sur le sol, en plus des traces de pattes de son chien.

Cléa a eu un étrange pressentiment. Elle s'est dépêchée de descendre. Plus elle s'approchait du rez-de-chaussée, plus elle sentait une odeur métallique qui lui levait le cœur. Quand elle est arrivée sur le plancher de céramique de la cuisine, elle s'est arrêtée net. Son chien était là, les babines retroussées, les crocs tachés de sang. Il mâchouillait des morceaux de vêtements. Cléa a reconnu la salopette de son petit frère. Elle a hurlé. Le chien a réagi en grognant. La jeune fille s'est précipitée vers l'escalier du sous-sol, mais la bête l'a empêchée de passer. Cléa a dit « Doux, doux » d'un ton apaisant.

Sam s'est assis.

« Doux, doux », a répété Cléa. Le molosse a posé sa tête sur ses pattes. Il n'avait plus du tout l'air agressif. Cléa s'est approchée du chien, pour le contourner.

La bête ne bougeait pas, mais elle suivait de ses yeux suspicieux la progression de l'enfant. Cléa marchait lentement, déposant ses pieds sur le carrelage avec délicatesse, évitant tout mouvement brusque.

De la bave s'écoulait de la gueule du chien. Lorsque le liquide blanchâtre touchait le sol, il émettait un léger sifflement en disparaissant, comme si la salive s'écoulant du cabot était si chaude qu'elle s'évaporait en se déposant sur le plancher froid.

Cléa avait peur. Elle ne comprenait pas ce qui se produisait. Est-ce que c'était réellement Sam ? Elle ignorait comment toute cette situation pouvait être possible.

Quand elle s'est trouvée directement devant Sam, le chien a ouvert la gueule, révélant des crocs immenses, brillants comme des éclats de verre dans la lueur lunaire. Les mâchoires puissantes se sont refermées sur son mollet. Cléa s'est réveillée en sursaut. C'était un cauchemar. Elle avait fait un rêve imbriqué dans un autre rêve.

Elle était soulagée, mais elle avait mal à la jambe. Quand elle a regardé son mollet, elle y a vu des traces de sang séché.

Elle est sortie en vitesse de sa chambre et a trouvé ses parents dans la cuisine. Ils déjeunaient avec ses deux petits frères.

Tout le monde était vivant, personne n'avait été attaqué par le chien. Elle a demandé à ses parents si Sam était mort dans le grenier. Ils se sont regardés un long moment avant de lui confirmer ce qu'elle avait compris. Son père était monté au grenier pour faire du rangement, et Sam y était grimpé avec lui. La grosse armoire qui y était entreposée était tombée sur le chien, le tuant net.

Quand ils ont demandé à Cléa comment elle avait bien pu savoir cela, elle leur a dit qu'elle avait eu un pressentiment.

Plus tard, les parents de Cléa ont cherché la salopette du petit frère. Ils l'ont trouvée en lambeaux dans son tiroir. Cléa ne pouvait pas y croire. Le fantôme de Sam l'attaquait dans ses rêves, et cela avait des répercussions dans la vie réelle.

La nuit suivante, Cléa s'est couchée dans son lit, nerveuse. Elle ne voulait pas dormir et retrouver Sam. Elle a combattu le sommeil longtemps, mais elle a fini par s'endormir.

Sam était là. Cléa lui a dit « Doux, doux », et le chien s'est assis.

Cléa est restée sans bouger. Dès que Sam cherchait à se déplacer, la jeune fille répétait: « Doux, doux ». Quand Cléa s'est réveillée, tout était normal dans la maison. Pas de marque sur sa peau, et rien n'était brisé.

Pendant plusieurs nuits, Cléa a rêvé de Sam, mais dans ses rêves, elle répétait sans arrêt « Doux, doux » toute la nuit pour s'assurer que le fantôme ne faisait rien de mal. Des objets ont commencé à se briser chez elle pendant la journée. Cléa a rapidement compris que lorsqu'elle était réveillée, elle ne surveillait pas Sam, et le chien pouvait tout détruire.

Cléa a compris qu'elle devrait toujours empêcher Sam d'agir. Pour ça, il fallait qu'elle répète sans arrêt « Doux, doux ».

Donc, si tu croises dans un parc de Drummondville une petite fille qui parle toute seule, c'est sûrement Cléa. Elle fixe le vide, et elle se balance d'avant en arrière. Elle place souvent ses mains devant elle, comme si elle voulait arrêter quelque chose.

Si tu lui parles, elle ne te répondra pas.
Tu l'entendras seulement dire deux mots :
« Doux, doux. »

**Une légende inspirée
des louveteaux de Drummondville.**

Le chêne carnivore

Il est dans un champ, tout seul. Il n'est ni au milieu ni bien placé. Il est là, simplement. C'est un chêne immense, qui surplombe une plantation de maïs, de blé ou d'autre chose.

Je sais que ce n'est pas pratique qu'il soit à cet endroit. Une partie du champ ne peut pas être ensemencée à cause des racines qui brisent la machinerie. Il faut récolter à l'ancienne, à la main, autour du chêne.

Je te raconte ça, mais il y a une partie de mon discours qui n'est pas vraie. Cet arbre-là est dans le bout de Daveluyville, je ne peux te dire où exactement. La raison en est simple : ce chêne-là, il se déplace d'un endroit à un autre. Pas en marchant sur ses racines ou autre chose de ce genre-là, non. Il disparaît de l'emplacement où il se trouve et il réapparaît dans un autre champ, ailleurs.

Les fermiers qui le voient apparaître sont toujours surpris, et surtout, ils savent que c'est un mauvais présage.

Tout le monde comprend qu'il ne faut pas s'aventurer trop proche du chêne.

Si tu te retrouves à moins de deux ou trois mètres de ce chêne, tu sauras pourquoi. C'est lui qui te l'expliquera. Parce que cet arbre-là, *il parle*. Il murmure des secrets que tu ne pensais jamais entendre à voix haute.

Tes secrets. Ceux que tu gardais enfouis au fond de toi-même, que tu n'avais jamais partagés avec personne.

S'il y a des gens avec toi, tu auras peur qu'ils apprennent ce que tu caches. Ils connaîtront toutes les informations que tu conservais bien profondément parce que tu en avais honte. Peut-être même que l'arbre pourrait révéler des éléments qui se trouvaient en toi sans que tu le saches.

Tu serais gêné, c'est sûr.

Chaque personne de ton groupe vivrait la même chose. Le pouvoir de la voix du solitaire serait dilué dans tous les gens présents. Ça ne serait pas dangereux.

Mais si tu faisais l'erreur d'y aller tout seul… l'arbre t'attirerait vers lui pour se nourrir. Tu vois, en fait, c'est un chêne CAR-NI-VO-RE.

Même à deux, c'est dangereux. Tu as déjà entendu parler du couple qui a disparu en roulant dans les rangs autour de Daveluyville ? Il était quelque part sur le territoire de Maddington. La fille se sentait mal et a eu envie de vomir. Elle était sur le siège du passager. Plusieurs personnes pensent qu'elle était enceinte et que c'est pour ça qu'elle était malade. Mais qui sait.

J'étais pas là, tsé.

En tout cas, la voiture s'est stationnée en bordure d'un champ, en fin d'après-midi. De lourds nuages d'orage meublaient le ciel, c'était l'été. Un arbre immense occupait l'horizon, au milieu des maïs plantés en rang.

Je sais tout ça parce que j'ai vu la vidéo, tsé. Le gars filmait avec son cellulaire pendant que sa blonde vomissait dans le fossé. Super romantique. Dans la vidéo, elle dit à son *chum* d'arrêter de filmer, elle est fâchée, puis son ton change soudainement et elle sursaute. Elle dit qu'elle entend une voix, celle d'une enfant qui appelle à l'aide. Elle n'hésite pas une seconde : elle se précipite vers la voix perdue quelque part dans le champ. La fille disparaît entre les plants de maïs.

Son *chum* la suit, mais dans une plantation de maïs, retrouver quelqu'un est presque impossible. C'est une aiguille dans une botte de foin.

Le gars filme toujours. Sur la vidéo, on voit les tiges de maïs qui l'entourent partout. On l'entend crier à la fille de sortir du champ, mais elle ne répond pas. Il la supplie en lui disant qu'il se sent perdu, mais il n'obtient aucune aide.

Son ton de voix est clair : il panique.

C'est juste avant qu'il se mette à crier des trucs qui n'ont aucun sens.

« Comment tu sais ça ? »
« J'ai jamais dit ça à personne ! »
« Non, il ne faut pas qu'elle le sache ! »

Tout devient sombre dans la vidéo, puis l'orage éclate. À travers la pluie, il finit par repérer le téléphone de sa blonde, par terre. C'est la dernière chose qu'on voit.

La personne qui a retrouvé les deux cellulaires a mis en ligne la vidéo filmée par la fille aussi. On la voit dire qu'elle entend l'enfant, qu'elle veut l'aider. Elle crie « Ne révèle pas mon secret ! », « C'était juste une fois ! » tandis qu'elle rabat les plants de maïs pour essayer de dénicher la gamine perdue.

Quand elle se retrouve proche du chêne, on aperçoit une aura verte autour de l'arbre. C'est peut-être un effet causé par la pluie et les éclairs qui zèbrent le ciel… Mais si on appuie sur pause sur l'image, c'est clair comme l'eau de roche.

Peu de temps après, il y a un coup de tonnerre, et le cellulaire tombe par terre. Dans la vidéo, on voit alors le corps de la fille s'effondrer. Des branches s'accrochent à ses bras et la tirent vers le tronc de l'immense arbre.

Ensuite, on perçoit des cris, mais ils sont faibles, comme si quelque chose comprimait la gorge de la fille. Pendant un long moment, en accéléré, on ne voit que les images du ciel orageux. Puis, la face du *chum* de la fille apparaît.

On attend un craquement et le gars pointe le cellulaire de sa blonde vers le chêne. Le cellulaire filme toujours.

Sa voix à peine audible dit : «C'est de là que proviennent les voix.»

On voit, je te jure, des visages gravés dans l'écorce.

Le visage le plus facilement reconnaissable c'est celui de la fille.

Le gars pose la main tout près du visage en hurlant : « Mais crisse, c'est quoi, ça ! »

L'instant suivant, le cellulaire tombe.

En tout cas, je ne sais pas si c'est vrai ou si c'est juste un montage vidéo.

Je peux juste te dire une chose : quand je roule entre Sainte-Gertrude pis l'autoroute 20, je suis prudent.

Et je m'assure d'avoir fait pipi avant.

Une légende inspirée des louveteaux de Daveluyville.

Le sacrifice de la sorcière

Cette histoire-là s'est déroulée dans un village du bout de Victoriaville.

Là-bas habitait une femme très belle, qui vivait un peu à l'écart des autres. Elle était arrivée avec sa mère, venant d'on ne sait où. Les deux nouvelles venues s'étaient installées dans une vieille maison abandonnée, en bordure du village.

Elle s'appelait Saëlle. Quelques années après le décès de sa mère, elle vivait toujours seule. Pourtant, à cette époque, les femmes se mariaient assez jeunes.

On racontait que si elle demeurait célibataire, c'était parce qu'elle était une sorcière. C'est vrai qu'elle aimait se promener en forêt et récolter des plantes. On disait qu'elle savait faire des potions pour guérir différents maux. On ajoutait qu'il y avait sûrement de la sorcellerie dans ses remèdes. Surtout qu'elle n'allait jamais à l'église.

Même si les gens hésitaient à lui faire confiance, elle avait assez de clients pour vivre de ses décoctions. Après tout, elle savait guérir les morsures avant l'infection, soigner les tours de rein sans opération, effectuer les accouchements sans complications.

Un jour, un voyageur, de passage au village, a eu besoin de soins pour son pied blessé. On est allé chercher Saëlle... et l'homme en est tombé amoureux.

Saëlle a cédé à ses charmes. Bientôt, le voyageur est devenu un habitant du village, marié à la sorcière.

Ils vivaient toujours à l'écart, et on voyait rarement le survenant à l'église. Plus le temps passait, plus il espaçait ses visites dans les commerces du coin. Son teint, de plus en plus pâle, laissait croire que Saëlle ne savait pas le guérir. Pourtant, elle réussissait avec tout le monde.

Et un jour, Saëlle est venue à l'église pour annoncer que son époux l'avait quittée. L'appel de la route avait été plus puissant que son amour pour elle.

Quelques semaines plus tard, quand une grippe plus forte que d'habitude a frappé le village, Saëlle est intervenue. Elle avait une nouvelle décoction pour guérir les gens. Son sirop, au goût affreux, avait des effets miraculeux.

Quelques années après le départ de son époux, une situation semblable s'est reproduite. Un nouveau venu s'est blessé en arrivant au village. Le docteur ne pouvait rien faire, c'est Saëlle qui a été amenée à son chevet pour le soigner. L'homme en est tombé éperdument amoureux. Il a même demandé Saëlle en mariage. La femme a dit oui, et la sorcière s'est de nouveau mariée avec un inconnu.

Au début, l'homme était très impliqué dans la communauté. Mais après un moment, ses présences au village se sont faites de plus en plus rares. Ceux qui le voyaient trouvaient que son teint était de plus en plus cireux. Plus le temps passait, plus ses yeux perdaient de leur éclat et plus son corps se courbait vers l'avant.

C'est ainsi qu'un matin, Saëlle a annoncé que son amoureux l'avait quittée.

Après la messe, le dimanche suivant, les gens parlaient et se questionnaient. Deux maris qui avaient l'air malades, deux époux qui étaient repartis.

À cette époque-là, la séparation et le divorce n'étaient pas permis. Et voilà que la sorcière de l'endroit, elle, se faisait quitter par deux hommes en peu de temps.

C'est après le départ de ce deuxième mari que les enfants du village ont commencé à avoir des boutons. Les douleurs étaient si fortes que les bambins autant que les ados criaient et pleuraient. Ils en perdaient la voix et tombaient même dans les pommes.

Les rumeurs sur Saëlle se sont tues quand la sorcière est arrivée de nouveau avec un remède miracle. Sa pommade d'un blanc crémeux, un peu verdâtre, soulageait toutes leurs douleurs. Après son application, les boutons se résorbaient rapidement. Ils ne laissaient que quelques traces éphémères, qui s'atténueraient avec les années.

Ce n'est pas la dernière fois que ce manège s'est produit. L'année suivante, un nouveau voyageur est arrivé, blessé. On a demandé à Saëlle de le soigner, l'homme en est tombé amoureux... Après quelques mois, on a remarqué que l'homme avait l'air de moins en moins en santé. Comme si quelque chose lui volait son énergie, en fait.

Les gens au village se sont souvenus des deux premiers époux de Saëlle. Ils ont commencé à avoir peur qu'une maladie étrange les frappe encore. Ils se sont demandé si c'était Saëlle qui provoquait ces maux ou si elle ne faisait que les guérir.

Un matin, ils ont appris que cet homme était parti, lui aussi, comme les deux autres. L'inquiétude a monté d'un cran. Après tout, les deux premières fois, c'était après le départ de l'époux que le mal avait frappé.

Et ce qui devait arriver est arrivé. Un jour, une première femme a commencé à perdre ses cheveux à toute vitesse. Pas quelques mèches par-ci, par-là, non. Des couettes entières lui restaient dans les mains, laissant de grandes parties de son crâne dégarnies.

En quelques jours, toutes les femmes se sont retrouvées avec le cheveu rare et la mine basse. Après les adultes, cette étrange maladie a attaqué les jeunes filles.

Elle n'a épargné que Saëlle, dont la chevelure est restée resplendissante. Les femmes se sont précipitées vers elle pour connaître le secret de sa jeunesse. L'onguent qu'elle leur a dit d'étendre sur leurs têtes chauves a fait des miracles.

La semaine suivante, toutes les chevelures étaient redevenues comme avant ou presque.

Tous les cheveux avaient maintenant la couleur charbonneuse si caractéristique de la coiffure de la sorcière.

Une jeune fille un peu curieuse s'est aventurée chez Saëlle. Elle désirait comprendre l'étrange lien entre la femme, les maladies, les maris partis et les maux guéris.

Elle a attendu que Saëlle s'aventure dans la forêt à la recherche de plantes. Elle est entrée dans la vieille cabane de bois. Les époux successifs de la sorcière avaient entretenu la demeure pour qu'elle devienne une jolie maison.

L'enfant est entrée et a fait le tour de toutes les pièces, sans rien trouver. La cuisine, la salle à manger, la chambre à coucher, la salle d'eau... Rien de tout ceci ne laissait voir quelque chose d'étrange.

Il y avait un livret de cuir posé sur une petite table, près d'une fenêtre. C'était tout près du gros foyer de fonte. Sur la couverture, une écriture ouvragée présentait le mot « Saëlle ».

La jeune fille s'est approchée, et elle a ouvert le grimoire.

Sur la première page, un dessin représentait quelqu'un qui toussait. Sur la seconde, une liste d'ingrédients aux noms incompréhensibles.

Un autre gribouillis, quelques pages plus loin, montrait des boutons sur le corps d'un enfant. La feuille suivante contenait une nouvelle liste d'ingrédients aux noms imprononçables.

Sur le troisième dessin, vous l'aurez deviné, il y avait des femmes chauves, et encore une énumération mystérieuse.

La fillette ne savait pas quoi penser de tout ça. Tout à coup, elle a senti un courant d'air provenant du plancher, près du gros foyer de fonte. Elle a deviné qu'il y avait une trappe cachée.

La jeune fille a déplacé les bûches qui en bouchaient l'entrée. Elle a ensuite ouvert la porte dissimulée. Elle s'est glissée dans l'ouverture. Elle a alors découvert une salle creusée à même la terre, où se trouvaient trois silhouettes couchées sur le sol. C'étaient les trois maris, qui n'étaient pas partis.

Elle a entendu du bruit derrière elle. C'était Saëlle. La sorcière lui a raconté que c'était toujours comme ça : chaque guérison comporte un sacrifice. Elle avait décidé de sacrifier des étrangers pour le bien du village.

Elle lui a aussi confié qu'il lui fallait un sacrifice ultime. Elle lui a dit que, d'habitude, la sorcière fréquente sa remplaçante avant de faire le rituel. Mais là, il était trop tard.

La jeune fille a senti une douleur dans ses doigts. Quand elle les a regardés, elle a vu une substance verdâtre qui y reposait. C'était le début du quatrième rituel, celui du changement de corps.

La peau de la sorcière s'est dégonflée, comme un ballon qu'on perce. Une fumée verte s'est échappée de ses narines, et le cadavre est tombé. La jeune fille était paralysée par le poison qui s'était répandu de ses doigts à tout son corps. Elle respirait par à-coups, et elle a inspiré la fumée verte.

Tout le corps de la sorcière s'est dissous dans l'air, devenant une fumée aspirée par la fillette.

Lorsqu'elle est revenue au village, la jeune fille a annoncé à tous que la sorcière avait quitté sa maison. Les villageois, soulagés de savoir la femme étrange disparue, ont repris leur vie sans craindre une nouvelle épidémie.

Pourtant, un matin, certains ont trouvé leurs enfants, leurs parents, leurs voisins ou leurs amis pétrifiés, sans explication.

En quelques jours, tous les habitants du village étaient devenus des statues.

Tous, sauf la jeune fille.

Elle est alors partie à la recherche d'un nouveau village où exercer sa magie.

Une légende inspirée des louveteaux de Victoriaville.

Trois morts, rue du Meurtre

Tu écoutes des émissions en ligne ? Le *streaming*, ça peut être dangereux. Ça dépend de ce que tu regardes.

L'histoire que je vais te raconter s'est passée dans une maison de Saint-Célestin. C'était un bungalow où habitaient trois enfants de 10-11-12 ans. Tous les trois aimaient beaucoup écouter des émissions sur Internet. Leur préférée était une série obscure qui s'appelait *Rue du Meurtre*. La particularité de ce programme était d'être difficile à trouver. Ce n'était sur aucun site de visionnement en ligne.

En fait, les plateformes numériques sans frais avaient souvent des épisodes répertoriés. Dès qu'un usager en plaçait un dans son compte, la vidéo était immédiatement effacée. Les services de *streaming* ont toujours nié être ceux qui supprimaient les épisodes. On n'a jamais su qui c'était.

Comment on fait pour écouter les vidéos de *Rue du Meurtre* ? Il faut les chercher. Elles sont cachées dans des liens discrets, sur des sites obscurs, dans des langues étrangères. Parfois, on peut les trouver dans des commentaires sur des blogues, à travers des offres louches de trucs illégaux. Quand tu découvres un de ces fichiers, tu n'as pas beaucoup de temps pour l'écouter.

Il y a des forums spécialisés où l'on trouve une liste des épisodes avec des mots clés pour les rechercher. Mais je ne te conseille pas de t'y essayer, parce que j'aurais peur que tu réussisses. Ne cherche jamais « Rue du Meurtre ». C'est simple de comprendre pourquoi. Ç'a l'air que ce n'est pas une émission de fiction. J'ai entendu dire que c'étaient de vrais meurtres qui étaient mis en scène par une équipe de tournage. Un réalisateur sadique s'amuserait à piéger les gens pour en faire une réelle émission de télé. Mais, personne ne comprend la vérité avant qu'il ne soit trop tard.

La rumeur dit que quand tu visionnes un épisode de *Rue du Meurtre*, ça installe un virus dans ton appareil. Peu importe que tu utilises ton ordinateur, ton cellulaire, ta tablette. Ça permet à l'équipe de prendre le contrôle de ta caméra et de ton micro. Ce virus-là s'installerait dans ton Wi-Fi. Ensuite, le réalisateur pourrait contrôler à distance tout ce qui est connecté. Il pourrait même utiliser le Bluetooth pour diriger les autres appareils de ta maison qui peuvent se brancher ensemble. En tout cas, je sais pas trop comment ça marche, mais selon ce qu'on m'a dit, tous les bidules numériques du voisinage sont détournés dans un seul but : commettre un meurtre. C'est ainsi qu'est choisie la personne qui serait la plus intéressante à tuer. Pour en faire un épisode qui sera épique, tu comprends ? Tout dépend des images captées, tsé.

C'est pas parce que tu télécharges un épisode que tu te mets automatiquement en danger. C'est peut-être pas toi. C'est peut-être ta vieille voisine de 80 ans. C'est peut-être ton petit frère. C'est peut-être le gars qui promène son chien tous les matins et tous les soirs à la même heure. C'est peut-être la joggeuse qui court dans ta rue les lundis, mercredis et vendredis matin vers

9 h 30. C'est peut-être le facteur qui fait sa tournée de boîtes postales vers 11 h 30... Tu comprends, tous ceux qui pourraient avoir été dans l'objectif des caméras.

Si jamais tu cherches « Rue du Meurtre », tu verras que les titres d'épisodes ont toujours la même forme : *L'agonie du promeneur dans la rue du Meurtre, La fille qui hurlait rue du Meurtre, L'égorgé de la rue du Meurtre, Meurtre dans la rue du Meurtre.*

En tout cas, les trois enfants de cette maison avaient tous écouté des épisodes différents de la série. Ils l'avaient fait en cachette, quand leurs parents étaient couchés.

Dans les jours suivants, ils avaient remarqué un homme, grand et bien bâti, se promenant en soirée dans le quartier. Quand ils en ont parlé aux adultes, ces derniers ont cru que c'était peut-être un nouveau voisin.

Mais les garçons avaient des doutes. Ils avaient écouté *Rue du Meurtre.* Ils avaient mis leur entourage en danger.

Un soir où ils étaient seuls, les trois jeunes se promenaient en vélo dans leur quartier. Leurs parents leur avaient dit qu'ils allaient leur chercher une surprise, parce que l'été s'annonçait chaud. Les frères étaient contents. C'était assez pour qu'ils cessent de s'inquiéter de la présence de l'inconnu.

Quand les frères sont passés près d'une intersection, le panneau qui indiquait les noms des rues avait changé.

Il y était inscrit « Rue du Meurtre ». Les garçons ont commencé à avoir peur. Ils ont pédalé à toute vitesse vers leur maison, pour s'y enfermer. Ils savaient qu'en écoutant les épisodes, ils pouvaient avoir déclenché une série d'événements incontrôlables.

Quand ils sont arrivés chez eux, la voiture de leurs parents était là. Un gros camion blanc y était aussi. Il est reparti au moment où les trois frères descendaient de vélo. Au volant, ils ont reconnu l'homme qui se promenait.

Sans tarder, ils se sont dirigés vers la porte d'entrée.

Ils étaient certains de mourir. Ils avaient peur. Ils ne voulaient pas entrer, parce qu'ils croyaient que c'était un piège. Mais ils souhaitaient aussi se réfugier à l'intérieur, car ils craignaient que le guet-apens soit à l'extérieur.

Une affiche avait été installée à la fenêtre.

Trois morts, rue du meurtre

Ils avaient peur de mourir, tous les trois. C'était ce qu'annonçait le titre de l'épisode.

C'est là que le plus vieux a remarqué les traces de sang sur le seuil de la porte. Leurs parents étaient déjà là ! C'était sûrement leur sang qui tachait l'entrée.

Ils se sont précipités à l'intérieur, en demeurant craintifs, car leurs parents n'étaient que deux.

L'un des frères allait sûrement être la troisième victime. Ils ont décidé de rester ensemble pour affronter le danger.

Les trois frères s'avançaient avec prudence, se demandant qui parmi eux risquait de mourir pour que le compte soit bon.

C'est là qu'ils ont vu leurs parents morts sur le sofa. Près d'eux, un chapeau de fête sur la tête, il y avait leur grand-mère, qui fêtait ses 90 ans.

Les trois jeunes ont survécu, même si, ce jour-là, il y a eu trois morts dans la rue du Meurtre.

Et trois garçons sont devenus orphelins.

Une légende inspirée des louveteaux de Saint-Célestin.

Ne répondez pas

Les gens qui ont vécu cette histoire n'ont plus jamais été les mêmes par la suite. Ceux qui ont survécu, on s'entend. Parce qu'il y a beaucoup de victimes qui n'en sont tout simplement pas revenues.

Tout commence quand tu te promènes dans le bois, dans le sud de Plessisville. Il y a des petites montagnes dans cette région-là, avec de grandes étendues boisées.

Je ne peux pas te dire exactement où ça risque de t'arriver. Les histoires que j'ai entendues placent les événements à différents endroits, mais toujours sur ce territoire-là.

En tout cas, t'as juste à être prudent, pis ça t'arrivera pas.

Toutes les fois où ça s'est produit, c'est quand quelqu'un s'est retrouvé seul en forêt. Pas besoin d'aller en exploration en solo pour que ça arrive, oh non ! Juste être cinq petites minutes en solitaire, entouré seulement par les bruits du bois.

Les branches qui craquent, le bruissement des feuilles ou le hululement des hiboux, c'est tout ce que ça prend.

Si tu t'éloignes de tes amis pour une soudaine envie, tu risques de l'entendre.

Si tu es en camping avec tes parents qui te quittent du regard pour monter la tente, il sonnera.

Je te parle du cellulaire maudit, bien sûr. Le téléphone perdu dans le bois dont tu ne veux jamais entendre la sonnerie.

Si t'es comme moi, tu ne pourras pas résister. Quand un appel entre, l'envie de décrocher et de dire « Oui, allô ? » devient vite une obsession.

Si t'es comme moi, tu vas ressentir une urgence de chercher l'appareil pour faire cesser ce bruit.

Faut pas.
Faut que tu résistes.

Reste assis, pis respire profondément. Faut que tu contrôles cette envie irrésistible de vouloir répondre au téléphone.

Rappelle-toi que t'es au milieu du bois, et que c'est pas ton cellulaire qui sonne.

Ça se peut même que tu sois dans une zone où il n'y a pas de réseau ! Tu ne devrais pas entendre sonner un téléphone à cet endroit-là.

Et pourtant...

Si t'es seul trop longtemps, genre plus de trois ou quatre minutes, ça arrivera. Au début, c'est un petit son aigu. Tu vas avoir l'impression de le percevoir juste du bout de l'oreille. C'est comme quand tu entends en sourdine la musique que quelqu'un écoute avec des écouteurs.

C'est le premier signe. Pose tes mains sur tes oreilles, resserre tes vêtements autour de toi, place-toi en position sécuritaire et respire profondément. Le son va s'arrêter dès que les gens t'entoureront.

C'est ça, le truc du téléphone. Il sonne parce qu'une seule personne peut l'entendre. Si tu te lèves pour le chercher, le cellulaire te guidera vers l'endroit que tu devrais éviter, où tu seras isolé.Tu ne croiseras pas tes parents ou tes amis pendant ta quête de la sonnerie maléfique.

Et si ces derniers partent à ta recherche, ils finiront par se retrouver seuls eux aussi.

Là, tu te dis : « Parfait, ils entendront le téléphone et s'élanceront à ma rescousse. »

Non, tu te trompes.

Ils vont bien entendre le cellulaire, mais il ne les guidera pas vers toi. Non pas qu'il y ait plusieurs téléphones maléfiques. Non, il n'y en a qu'un seul, mais il peut guider plusieurs personnes à différents endroits en même temps. Peu importe qui répondra en premier, toutes les victimes pourraient y passer.

Donc, bouche-toi bien les oreilles ou arrange-toi pour éviter de t'éloigner du groupe.

Si tu as le malheur d'être ensorcelé par le téléphone, tu ne te soucieras plus du monde autour de toi. Des branches t'égratigneront, mais tu ne t'en rendras pas compte. Tu vas peut-être te tordre une cheville, déchirer tes vêtements, te blesser sérieusement... Mais plus tu seras près du téléphone, moins tu sentiras la douleur, moins tu paniqueras.

La raison en est simple : plus tu seras près du mobile, moins ton corps sera une préoccupation. Toute ton attention sera concentrée sur l'appel.

Si tu vas jusqu'au bout, tu trouveras le cellulaire posé sur une souche. Ce sera un vieux modèle, avec un écran minuscule et de vraies touches sur lesquelles appuyer.

Tu apercevras une lueur à chaque sonnerie, ce sera le petit carré de l'écran qui s'illumine chaque fois.

Si tu te penches et que tu regardes, tu verras que c'est ton nom qui s'affiche. Comme si c'était toi qui avais appelé.

Pourtant, même si tu as un cellulaire sur toi, tu comprendras que ce n'est pas toi, l'appelant.

Ce n'est pas un véritable appel.
Il provient d'ailleurs.

C'est ta dernière chance. Si tu ne résistes pas à ce moment-là, c'est fini.

Je t'ai dit au début que certains étaient changés à jamais. Dès que tu entends la sonnerie, tu peux en garder des séquelles. Mais ceux qui ont marché vers elle sont les plus affectés. Surtout ceux qui se rendent jusqu'au bout.

Oh ! ne crois pas que le téléphone te tuera. C'est pire que ça. Tu disparaîtras.

Si tu ouvres son rabat, plus personne ne te reverra.

Je ne peux pas te dire quand ç'a commencé ni d'où vient ce cellulaire maudit.

Tout ce que je sais, c'est que c'est vrai.

Retiens bien ceci : si tu te retrouves seul en forêt dans le bout de Plessisville, évite de répondre au téléphone.

**Une légende inspirée
des louveteaux de Plessisville.**

Les esprits du lac

Tu connais le lac de la Folie ? Si tu ne le connais pas, laisse-moi te le présenter. C'est un plan d'eau situé quelque part dans le bout de Plessisville. Son eau est noire comme de l'encre. Rien ne s'y reflète. Même les nuits de pleine lune, ça demeure une étendue plus sombre que l'ébène elle-même. C'est un lac si tranquille qu'on n'y entend jamais rien.

C'est un des rares lacs de la région dont les rives sont libres de toute habitation.

On a même l'impression qu'aucune plante, aucun animal, n'ose y vivre.

Plusieurs personnes ont essayé de s'y installer, mais aucun campeur n'y est resté très longtemps.

Pourtant, certains êtres y vivent en permanence. Des êtres qu'on ne voit jamais, sauf dans des circonstances précises.

Et ces conditions à respecter sont les règles du défi du lac.

C'est assez simple : il faut dériver sur le lac pendant la nuit alors qu'un feu brûle en bordure.

Il faut éviter de toucher à l'eau et il ne faut pas descendre du canot avant le lever du soleil.

C'était comme ça dans les temps anciens. C'est pour cette raison que les lampes de poche ou les cellulaires sont aussi interdits par les esprits du lac de la Folie.

Parce que c'était ça, au final, le défi : passer toute la nuit au milieu du lac.

Et survivre aux esprits qui y habitent. Ce sont eux qui ont donné leur nom au lac. Ce sont eux qui provoquent la folie.

Mais quiconque réussit le défi recevra de grandes récompenses. C'est ce que la légende raconte, en tout cas. Et c'est pourquoi plusieurs personnes essaient de passer la nuit sur le lac.

La réputation du lac de la Folie remonte aux premiers Français qui se sont installés dans le bout de Plessisville. Les premiers coureurs des bois avaient remarqué, au soleil couchant, des formes blanches à la surface du lac. Ceux qui s'étaient installés pour dormir près de l'eau, au coin du feu, en avaient payé le prix. Ils avaient aussi entendu, dans la nuit, des bruits étranges provenant de l'eau. Des sons d'essoufflement et des cris aigus qui les faisaient sursauter. Certains étaient repartis à temps, d'autres... n'avaient plus jamais été revus.

Le gars que je connais qui a osé relever le défi s'appelle Harry.

Harry avait eu vent de cette légende sur Internet, en cherchant un terrain pour une nuit de camping. Il nous avait parlé du défi et quelqu'un l'avait incité à s'y essayer.

Harry ne voulait pas y aller, mais face aux accusations de lâcheté, il avait fini par céder.

On était là, sur la plage, avec lui. J'avais peur de tout ça et j'espérais que les esprits nous laissent tranquilles. Harry avait mis le canot à l'eau et nous avait laissé son cellulaire. Il avait embarqué en short et t-shirt. Conformément aux consignes, il n'avait ni couverture ni chandail de laine, malgré la température qui risquait de descendre pendant la nuit.

Bien au chaud près du feu, on le regardait s'éloigner sur le lac dans la nuit quand les premiers murmures avaient résonné sur l'eau. J'avais peur et je suis certain que Harry aussi.

Il faisait de plus en plus froid et de la brume montait à la surface de l'eau. Mais ce n'était pas du brouillard, comme d'habitude. La brume prenait la forme de silhouettes humaines.

Les esprits du lac de la Folie s'éveillaient. Je frissonnais.

Les esprits fonçaient sur Harry et ils déviaient à la dernière seconde. Mon ami essayait de ne pas bouger dans le canot, parce que chaque fois qu'il sursautait, l'embarcation tanguait. Il craignait de tomber dans l'eau et que les esprits l'emmènent dans le fond du lac.

Après un moment, les esprits se sont calmés. Nous, sur la grève, on avait froid malgré le feu qui brûlait encore, et j'étais certain que Harry grelottait comme jamais. Le silence s'était fait sur le lac. On n'entendait que le crépitement du feu de camp.

On ne voyait plus Harry. On ignorait totalement où il se trouvait, parce qu'il faisait plus noir que dans le fond d'une mine de charbon. C'était une nuit sans lune et le ciel s'était couvert de nuages.

Quand la pluie s'était mise à tomber, on s'était réfugié sous le couvert des arbres.

La suite de cette histoire, Harry qui me l'a racontée, après cette nuit étrange.

Il m'a dit que quand les cieux se déversaient sur le lac, la pluie qui frappait la surface de l'eau faisait remonter des éclaboussures dans la chaloupe. Effrayé que l'ondée l'empêche de respecter la consigne de ne pas toucher au lac, il a décidé de laisser tomber le défi.

De ses mains tremblantes, il a attrapé sa rame et l'a plongée dans l'eau.

Dès que la rame a touché l'eau obscure, Harry a senti un vent froid à la surface du lac. Un bruit aigu a commencé à se faire entendre. Je sais que c'est vrai, parce que nous l'avons entendu nous aussi, dans le sous-bois.

Paniqué, Harry s'est mis à pagayer à toute vitesse vers la rive.

Il ne voyait pas vraiment où il allait. Plus la pluie augmentait en puissance, plus il disjonctait et ramait rapidement.

Il ne comprenait pas que l'averse avait cessé. C'était l'eau du lac qui montait vers lui, comme si les esprits des profondeurs le narguaient.

Des vagues ont fait tanguer l'embarcation, mais Harry pagayait comme un déchaîné pour atteindre la rive.

Je me suis avancé sur la plage pour tenter de voir mon ami sur l'eau démontée. J'ai vu le canot se renverser et mon ami s'est mis à nager le plus vite possible.

Je voyais, parfois, des bouts de doigts surgir des profondeurs et tenter de l'agripper. Il essayait de progresser vers nous, mais les esprits du lac de la Folie n'arrêtaient pas de l'entraver.

Quand Harry a grimacé, je me suis demandé ce qui se passait. Il me l'a raconté, paniqué, après être sorti de l'eau.

Il a senti une douleur aiguë dans son mollet. Quelque chose qui le tirait vers le fond. Il n'a jamais arrêté de se débattre dans l'eau. Il a ressenti une nouvelle douleur dans l'autre mollet et lorsqu'il a cru sentir son corps glisser pour de bon vers les profondeurs, ses doigts ont finalement touché du sable.

Il était tout près de moi. Je l'ai encouragé à se lever pour sortir du lac.

Il m'a écouté et il s'est mis à courir. Mais des formes humaines, faites de brume tourbillonnante, se sont élevées à sa suite. Je les ai vues, aussi vrai que je suis devant toi à te raconter cette histoire.

Harry a foncé sans s'arrêter, sans même me jeter un regard. Les esprits du lac sont aussi passés près de moi, comme si je n'existais pas.

J'ai remarqué qu'ils avançaient en marchant dans les traces de Harry. En arrivant à la lisière des arbres, on ne voyait plus les marques humides laissées par les pieds de mon ami.

C'est là que les esprits se sont arrêtés, se balançant d'avant en arrière, sur place, en tendant des bras rachitiques vers Harry.

Et là, j'ai senti que mes pieds étaient mouillés. J'ai regardé au sol et j'ai vu que le lac s'avançait ! Il sortait de son lit pour envahir la plage. Les esprits du lac se sont tournés vers moi et je me suis élancé dans le sous-bois en m'assurant de marcher dans les fougères pour essuyer mes pieds.

Bientôt, il n'y eut plus de plage. L'eau du lac se rendait jusqu'à la lisière des arbres. Harry était figé. J'ai grimpé dans un arbre qui n'était pas trop loin, pour rester au sec.

Harry s'est de nouveau retrouvé à la merci des esprits et ceux-ci l'ont agrippé. Je devais faire quelque chose pour l'aider.

J'ai pensé à ce qui pouvait arrêter de l'eau. Ce qui m'est venu en tête, c'est le feu. Je sais que d'habitude, on utilise l'eau pour éteindre le feu, mais sous la panique, je me suis dit que ces deux éléments étaient en fait des opposés et que le feu pouvait peut-être arrêter l'eau.

Dans ma poche, j'avais un briquet au butane, capable de s'allumer en toutes circonstances.

Cependant, une forêt humide sous une averse violente n'allait pas m'aider. Notre seul espoir était la voiture, restée au bord de la route, à une centaine de mètres de la plage.

Harry commençait à être transporté par les esprits du lac de la Folie. Je n'avais pas le temps de retourner à notre véhicule pour chercher une solution.

Mais j'ai vu la barque du coin de l'œil. Elle n'était pas très loin.

Je suis descendu de l'arbre pendant que les esprits étaient concentrés sur Harry. J'ai sauté dans la barque en lui donnant une poussée vers mon ami.

Je ne sais pas comment le hasard m'a permis de me rendre jusqu'à lui, mais quand j'ai été assez près, je lui ai tendu la main et je l'ai tiré de toutes mes forces dans la chaloupe.

On était encerclés par les esprits qui s'agrippaient à notre embarcation pour nous faire chavirer.

L'eau commençait à nous envahir. J'ai repensé au feu pour repousser le lac. Sous mon chandail, je portais un t-shirt. Il était à peine humide. Je l'ai retiré et j'y ai collé la flamme très chaude du briquet. Les esprits ont disparu aussitôt que le tissu s'est embrasé. Le lac est devenu calme, comme s'il ne s'était jamais rien passé.

Harry m'a arraché le vêtement des mains pour le tenir à bout de bras pendant que je pagayais vers la rive.

Il n'a pas lâché, même quand sa peau a commencé à brûler aussi. Il m'a dit qu'il ne courrait pas le risque : s'il devait brûler pour empêcher les esprits du lac de l'attraper, il allait endurer la douleur.

L'eau s'écartait devant nous. Les esprits ne revenaient pas à la charge.

Quand nous sommes arrivés à la plage, Harry s'est lancé dans le sable pour s'y rouler et éteindre les flammes qui s'attaquaient à ses vêtements.

On s'est dépêché de se rendre à la voiture, puis je l'ai conduit à l'hôpital.

Après ça, Harry n'était plus le même. Il avait survécu à l'attaque des esprits du lac de la Folie, mais ça l'avait marqué pour toujours.

On ne se voit plus depuis un bout. Mais je suis certain d'une chose : plus jamais Harry ne s'est baigné après cette éprouvante soirée.

Une légende inspirée des louveteaux de Plessisville.

La voix de la bête

Cette histoire-là s'est produite dans un minuscule village dans le bout de Victoriaville, quelque part au sud.

Là-bas, il ne se passait jamais rien. Les gens vivaient leur petite vie tranquille. Les enfants allaient à l'école, aidaient dans les fermes et s'occupaient tout seuls.

Un été, un événement a chamboulé le village.

La petite Cornélia Bérubé avait été tuée par une bête sauvage. Elle avait été mordue sauvagement. On avait retrouvé son corps, que l'on avait enterré dans le cimetière derrière l'église. On l'avait placé dans le lot le plus éloigné de la bâtisse sacrée. Après tout, on craignait que les morsures aient été l'œuvre d'une créature démoniaque.

Les enfants devaient être plus prudents, mais les adultes leur laissaient quand même beaucoup de liberté. Plus que les gamins d'aujourd'hui, ça, c'est sûr.

Euclide Bélanger adorait se promener en forêt. Il marchait entre les arbres, à la recherche de traces. Il reconnaissait toutes les pistes de la faune des alentours. Il savait comment détecter les signes du passage d'animaux, même quand ils laissaient peu de preuves de leur chemin.

Euclide était lucide. Il comprenait que les bêtes sauvages pouvaient être dangereuses. Il prenait donc ses précautions, et traînait toujours avec lui un couteau de chasse. Son arme était bien aiguisée et très tranchante, pour se défendre en cas d'attaque.

Mais cet été-là, Euclide a trouvé la piste d'un animal qu'il n'avait jamais vu. C'étaient des traces de grosses pattes, mais elles n'étaient pas très creuses dans le sol meuble de la forêt. La créature était volumineuse, mais pas très lourde.

Euclide était prudent, mais il était aussi curieux. Il a sorti son couteau, pour l'avoir bien en main, puis il a suivi la piste... Après un détour, elle menait au village.

Il a été surpris lorsque les traces ont disparu. Elles s'évaporaient dans l'air. L'animal avait peut-être sauté d'un côté ou de l'autre. Le garçon ne savait plus où chercher. Plus loin, il a vu de petites traces de pas. Des pieds d'enfants.

Le temps de se frotter les yeux, et tout a disparu. Pas de piste d'animaux, pas de pieds humains.

Ce soir-là, Euclide était couché dans sa chambre, avec ses quatre frères. Ses cinq sœurs dormaient dans l'autre pièce. Les souffles réguliers des autres l'empêchaient de s'endormir.

Parfois, ce qui le dérangeait, c'étaient les ronflements de son père. D'autres fois, c'était les exclamations sourdes de sa mère qui parlait dans ses rêves. Mais lui, il ne s'endormait pas.

Soudain, il a entendu une plainte, comme si un enfant s'était blessé. Le cri était aigu et sauvage. Il s'est précipité vers sa fenêtre. Il a aperçu une silhouette marcher dans le village, près de l'église. Quand l'ombre a fait un mouvement vers lui, Euclide s'est penché pour éviter d'être vu.

Il avait l'étrange impression qu'il ne fallait pas qu'il se fasse surprendre.

La plainte a recommencé, une deuxième fois, puis une troisième fois.

Euclide a entendu des villageois sortir. Même son père a été réveillé par le raffut et s'est joint aux autres hommes du village.

Des torches ont été allumées un peu partout pour aider les gens à voir ce qui se passait. La danse des flammes dans la chambre d'Euclide, par la fenêtre, l'a incité à regarder de nouveau.

Il y avait un animal couché sur le perron de l'église. Une bête morte. Lorsque le père d'Euclide est revenu à la maison, le garçon l'a questionné. C'était le chien des Gignac, une famille du village. Pourtant, quand Euclide questionnait son paternel, il sentait que l'homme hésitait. Le jeune garçon a insisté. Son père a fini par avouer que le chien ressemblait à celui des Gignac, mais avec des différences. La gueule était plus grande, le cou était gonflé, les fesses étaient plus basses...

Euclide s'est demandé si c'était l'animal dont il avait suivi la piste. Il n'a pas dormi de la nuit, car il était inquiet.

Le lendemain, c'était la discussion au village. Comment l'animal avait-il pu être transformé comme ça ? Tous les villageois étaient soucieux de ce qui pourrait arriver à leur propre chien ou à leur bétail.

Ce soir-là, Euclide tombait de fatigue. Il s'est endormi sur le perron de la maison, dans la chaise berçante. Il a été réveillé par une plainte aussi forte que la veille. Il a ouvert les yeux, paniqué, en scrutant la place centrale du village.

C'est là qu'il a vu une silhouette humaine sur deux pattes. Elle s'avançait lentement, comme si la position debout n'était pas naturelle pour elle. Le temps de se frotter les yeux, la forme était retombée sur quatre pattes. Euclide a entendu une autre plainte, tout aussi forte. On aurait dit un enfant blessé qui pleurait de douleur. Euclide a eu l'impression de voir une silhouette debout derrière l'animal. C'était une forme un peu vaporeuse, blanche dans la lumière de la lune voilée par les nuages. Cette sensation fugace a vite disparu, mais Euclide a ressenti un frisson le long de sa colonne.

Des hommes sortaient de leurs maisons, armés de carabines, de tisonniers et d'autres outils pour se défendre. Mais il n'y avait pas de menace.

Par terre, devant l'église, c'était un labrador, celui des Dubé, qui était couché au sol. Euclide s'est risqué à accompagner son père. Il a vu, de ses yeux vu, que le chien ne se ressemblait plus.

Il était plus gros, et ses poils étaient rares sur ses pattes arrière. Celles d'en avant étaient plus larges, avec des doigts plus fins. Son front était plus avancé, et ses dents avaient perdu de leur tranchant.

Et ses yeux... Euclide a eu l'impression que c'étaient des yeux plus humains, moins... bestiaux.

C'est là qu'Euclide a vu la silhouette blanche, près du mur de l'église. Il a eu l'impression que c'était lui que l'ombre appelait.

Il s'est dirigé, en cachette, vers la bâtisse en pierre. Avant qu'il y soit arrivé, son père l'a interpellé.

À partir de ce moment-là, tous les chiens dormaient dans les maisons. Plus personne n'osait s'aventurer dehors après la brunante. Pendant plusieurs nuits, plus aucune plainte nocturne n'a été entendue dans le village.

Jusqu'à la nuit où le chien des Turcotte est sorti par une porte laissée ouverte.

La plainte a résonné si fort que les fenêtres de toutes les maisons ont vibré. C'était le cri d'un enfant en détresse. Il était si clair et si net que les rues du village ont été rapidement envahies par les villageois encore endormis.

Les parents de Cornélia étaient certains d'avoir reconnu leur fille.

Tout le monde s'est dirigé vers le cimetière.

Près de la tombe de la petite Cornélia, le chien des Turcotte était debout. Il tenait sur ses pattes arrière, qui ressemblaient plutôt à des jambes. Son visage s'était transformé et évoquait plus un minois d'enfant qu'un faciès animal.

Derrière la silhouette, Euclide a vu le fantôme de Cornélia qui souriait.

C'était tout juste avant que le chien à moitié humain saute sur les premiers témoins et les morde sauvagement. Tous les villageois ont été attaqués pendant que Cornélia, elle, souriait.

Tout le monde, sauf Euclide.

Lui, qui avait aperçu en premier le fantôme de Cornélia, a été épargné. Pendant que l'animal faisait un carnage parmi les habitants, Euclide a vu l'esprit de la jeune fille s'approcher de lui. La petite l'a embrassé.

Depuis, on raconte qu'il y a un vieil homme qui hante le mont Arthabaska. Il se promène dans les bois avec son chien.

Et si tu le croises, regarde bien. Tu verras, près de lui, une silhouette presque invisible.

C'est le fantôme de Cornélia qui est toujours là.

**Une légende inspirée
des louveteaux de Victoriaville.**

La vidéo maudite

Fais attention à ce que tu regardes sur YouTube. Tu ne devrais jamais chercher des vidéos qui font peur. Tu ne sais jamais quelles forces obscures tu pourrais réveiller.

As-tu déjà entendu parler du film que tu ne dois pas visionner à 3 h du matin ?

Tu ne peux pas le chercher avant qu'il soit environ 2 h 55. Et ça ne sert à rien de faire ta recherche après 3 h 05. Si tu fouilles avec les bons mots clés, comme « extraterrestre aux yeux rouges », tu trouveras probablement des vidéos. Peut-être même que l'une d'elles va ressembler à celle que tu ne dois pas écouter.

Mais ça ne sera pas la vraie.

Celle dont je te parle te donne l'impression que le visage gris au menton pointu et aux grands yeux rouges te regarde.

On retrouve cette vidéo sur différentes applis. Mais l'endroit où c'est le plus probable de la voir, c'est sur YouTube.

Donc, si tu veux courir le risque, tu ouvres Youtube vers 2 h 55. Si tu as fait la recherche dans les jours précédents, la vidéo apparaîtra toute seule dans tes suggestions.

Sois bien certain que tu as envie de vivre avec les conséquences de ton geste. Moi, je connais quelqu'un qui l'a fait. Je le connaissais, je devrais dire. Parce que la malédiction est réelle.

Je ne peux pas te raconter ce qu'il y a exactement sur la vidéo. Tu comprendras que je ne l'ai pas regardée directement, parce que je suis encore là pour t'en parler. J'ai assisté à ça par écrans interposés. Je jouais en ligne avec Fred, un de mes amis. On jasait par webcam en même temps. Notre mission s'est terminée vers

2 h 45. Je lui ai demandé de prendre une pause pour me dégourdir les jambes.

Fred a dit oui. Quand je suis revenu devant mon écran avec un gros bol de chips, Fred avait l'air concentré. Je lui ai demandé ce qu'il faisait, et il m'a répondu qu'il cherchait la vidéo maudite. J'ai tenté de l'avertir de ne pas faire ça, mais il ne m'a pas écouté. Quelques instants plus tard, il m'a annoncé qu'il l'avait trouvée.

Il était 2 h 57.

Il m'a offert de partager son écran pour que je puisse regarder avec lui, mais j'ai dit non. Il m'a traité de poule mouillée, et je n'ai pas protesté. J'avais peur. Je ne voulais pas vérifier si la légende de la vidéo maudite était vraie.

Fred a placé son cellulaire derrière lui, sur son trépied, pour que je puisse voir son écran.

Il a cliqué. Un avertissement est apparu sur son ordi.

Seuls les plus courageux, ceux qui n'ont peur de rien, peuvent regarder cette vidéo.
Et rien ne garantit qu'ils survivront.

Les mots se sont effacés et ont laissé place à une étoile à cinq branches. Elle a commencé à tourner lentement, avant d'accélérer si vite qu'un cercle est apparu à l'écran. Celui-ci s'est mis à clignoter. Des sifflements ont éclaté dans mes haut-parleurs. Le son subissait une forte distorsion, et j'ai baissé le volume. J'ai quand même entendu Fred murmurer que c'était hallucinant d'enfin voir cette vidéo.

Ensuite, le visage gris est apparu; le menton était pointu, le nez, seulement deux trous ovales au-dessus d'une bouche mince. Les grands yeux, comme deux globes lumineux, brillaient d'une lueur rouge. La voix était aiguë, mais je ne comprenais pas ce que l'extraterrestre murmurait. J'avais l'impression que c'étaient seulement des cliquetis et des sifflements.

J'ai bien entendu Fred quand il m'a demandé si je comprenais ce que disait l'alien. J'ai répondu non, mais je ne pense pas que Fred ait entendu. Il s'est tourné vers son cellulaire pour me faire un pouce en l'air. Il aimait ce qui se passait à l'écran. Il avait une étrange étincelle dans le regard, comme s'il avait bu trop de café ou de boisson énergisante.

Une succession rapide d'images s'est produite à l'écran. J'ai fermé les yeux, parce que ça commençait à me donner mal à la tête. J'ai entendu Fred s'exclamer à plusieurs reprises que c'était merveilleux. Il disait qu'il n'avait jamais rien vu d'aussi beau.

Soudain, tout s'est arrêté. Il n'y avait plus aucun bruit. J'ai ouvert les paupières et j'ai aperçu Fred qui regardait son écran. Le visage de l'alien le fixait.

C'est là que j'ai entendu, dans l'appartement de mon ami, la sonnette de la porte.

Fred s'est levé, comme si c'était normal qu'on sonne chez lui à 3 h du matin. Il a fait tomber le trépied de son cellulaire et la caméra du téléphone m'a permis de tout voir, même si c'était de côté.

Fred s'est dirigé vers l'entrée de son appart. Je l'ai vu tendre la main vers la poignée et ouvrir la porte.

Je n'ai pas compris ce qui se passait. Il y avait une silhouette grande et mince, sur deux longues jambes grises si effilées que j'ai peut-être halluciné.

Fred avait encore la main sur la poignée quand son corps s'est soulevé dans les airs. Il était suspendu comme si une force invisible le tenait. Mon ami s'est mis à hurler en sortant de sa transe.

J'entends encore ses cris de peur quand je ferme les yeux.

J'ai appelé la police pour l'envoyer chez Fred. Sur mon ordi, je voyais mon copain qui bougeait comme si une force invisible le frappait. Il avait l'air d'une poupée de chiffon qu'on secoue dans tous les sens. Puis, je l'ai vu rapetisser. Il était de plus en plus petit. Je n'y comprenais rien.

Puis, Fred a disparu. Devant mes yeux.

J'enregistrais ce qui se passait sur mon écran. J'avais une preuve. J'ai vu un policier entrer par la porte déjà ouverte. Il a cherché Fred et s'est arrêté devant le cellulaire.

Il m'a parlé, mais je n'ai pas répondu.

La vidéo maudite avait fonctionné. Je ne pouvais pas expliquer aux policiers ce qui s'était produit. Ils ne m'auraient pas cru. Peut-être que si j'avais pu leur montrer ce que j'avais enregistré, j'aurais pu les convaincre. Mais mon fichier s'est volatilisé.

Depuis ce temps, je n'ose pas regarder d'écrans entre minuit et 6 h du matin.

Chaque nuit, quand je me réveille vers 2 h 55, j'espère ne pas entendre de coups frappés à ma porte.

Une légende inspirée des louveteaux de Drummondville.

Un reflet dans la nuit

Tu sais qu'il y a des gestes qu'on pose par réflexe, sans y penser. Des trucs de tous les jours qui sont juste normaux. Par exemple, dormir.

Tu ignorais que ça peut être dangereux de s'endormir ? Ça dépend toujours de quand tu te couches et de l'endroit où tu fermes les yeux.

Faut que tu fasses attention, si tu te trouves près des Reflets. Tu sais, quand il fait noir dehors et que la lumière est ouverte à l'intérieur ? Dans ces moments-là, les fenêtres deviennent presque des miroirs. On voit à travers, mais on aperçoit aussi notre reflet.

Ce n'est pas toi que tu croises. C'est quelqu'un qui te ressemble, mais qui vit dans un autre monde. Tu ne vois qu'une image fugace de cet endroit.

Les gens que tu peux observer dans ce temps-là s'appellent les Reflets. Avant, on ne pouvait pas les épier. Mais quand les maisons ont commencé à avoir des fenêtres de bonne qualité, ils sont apparus.

Dans certaines régions, les Reflets sont plus actifs que dans d'autres. On les voit plus souvent. Ils apparaissent quand la lune se cache derrière les nuages, furtive. Ils vivent entre les fenêtres ouvertes et toutes les surfaces réfléchissantes qui agissent comme des miroirs à temps partiel. Quand tu te couches le soir, les Reflets sont alors libres de se promener sur les vitres de ta maison. Le jour, ils n'apparaissent pas. Ils en profitent pour se reposer.

Mais la nuit, ils sortent et hantent nos demeures.

Si quelqu'un t'invite à Saint-Célestin, à Saint-Grégoire, à Sainte-Monique ou à Grand-Saint-Esprit, repars avant le coucher du soleil. Tu ne dois, sous aucun prétexte, dormir dans ces villages-là.

C'est pas que les gens qui habitent là sont de mauvaises personnes. C'est qu'il y a une malédiction sur ceux qui viennent d'ailleurs pour y rester la nuit.

Si tu déménages, c'est correct, tu seras accepté par les Reflets. C'est si tu y passes une nuit que tu seras dans le trouble.

Les Reflets ont besoin de manger, tsé. Ils sont attachés aux lieux, et ils respectent les gens qui y habitent.

Mais ils n'aiment pas ceux qui les envahissent, ceux qui ne sont que de passage. Si on t'invite à dormir dans un de ces villages, dis « non ». Trouve n'importe quelle raison et sauve-toi. Je ne te dis pas que les Reflets viendront te chercher, mais c'est ce qui peut arriver.

Celui à qui tout cela est arrivé avait 11 ans quand ça s'est produit. Ses grands-parents habitaient entre Saint-Célestin et Grand-Saint-Esprit.

Le garçon avait été déposé là pour la soirée. Ses parents assistaient à un spectacle à Drummondville. Ils devaient revenir le chercher pour la nuit. Le gamin ne devait pas dormir chez ses grands-parents. Vers 22 h, il cognait des clous sur le film que son grand-père voulait lui faire regarder.

Sa grand-mère avait insisté pour qu'il se couche dans la chambre d'amis en attendant ses parents. Il faisait chaud, et la fenêtre de la pièce était ouverte. Le garçon s'est étendu sur la couette. Il ignorait qu'en posant ce geste, il venait de permettre l'entrée des Reflets. Et les Reflets avaient faim, très faim.

Dans la lueur de la veilleuse branchée sur le mur, l'enfant a aperçu du mouvement à l'extérieur. Il s'est approché, lentement, mais dehors, il n'y avait rien. Il a vu son propre visage reflété dans la vitre. Le Reflet lui a fait un clin d'œil. Le garçon a fait un pas vers l'arrière et s'est enfoui sous la couette. Il s'est frotté les yeux et a essayé de se calmer, il s'est dit qu'il était juste fatigué, que c'était impossible que son reflet lui ait fait un clin d'œil.

Quand il a osé sortir sa tête du dessous de la couette pour observer la chambre, il a cru voir quelque chose bouger dans le miroir au-dessus de la commode. Puis, il a osé regarder franchement dans la glace.

À sa grande surprise, il y avait toute une famille réunie de l'autre côté. Des Reflets qui l'observaient attentivement. Paniqué, il est sorti de la chambre et a couru retrouver ses grands-parents. Il ne les trouvait nulle part. Dans la cuisine, une fenêtre était entrouverte. Il y a encore aperçu des Reflets. Parmi ceux-ci, il a reconnu sa grand-mère et son grand-père.

La mémé semblait en dehors de la maison, mais elle avait aussi l'air d'être à l'intérieur. Elle s'approchait de la vitre et, bientôt, un poignet est sorti de la fenêtre. Un vieux bras sec, parsemé de taches de vieillesse, comme celui de sa grand-mère.

La tête de la vieille est alors passée à travers l'ouverture et le garçon s'est mis à hurler. Ses cris ont redoublé quand la mémé lui a ordonné de se taire.

Elle lui a dit avec un sourire carnivore: « Les Reflets aussi ont besoin de manger. »

Le garçon a couru vers la porte pour sortir de la maison. Le Reflet ressemblant à son grand-père est apparu à cette fenêtre et a commencé à la traverser pour entrer dans la maison.

Le jeune a foncé vers la salle de bain, pour se cacher. En y entrant, il a trébuché. Il est tombé, sans contrôle, vers le miroir. Il ne s'est pas arrêté. Il est passé à travers, comme s'il plongeait dans une flaque d'eau.

Il n'a plus jamais été revu.

Sauf par ceux qui s'arrêtent pour dormir, quelque part entre Saint-Célestin et Grand-Saint-Esprit, et qui survivent pour raconter leur nuit.

Une légende inspirée des louveteaux de Saint-Célestin.

Chat qui parle, chat qui tue

Cette histoire-là est un avertissement.

Tu devrais faire attention aux applications que tu installes sur ton cell. Il y a des applis qui sont programmées par des gens mal intentionnés. Ça, tu dois déjà t'en douter, parce que tes parents ou tes profs t'en ont sûrement parlé.

Mais savais-tu que certains esprits malfaisants s'en servent aussi ?

L'histoire que je vais te raconter s'est déroulée à Saint-Charles-de-Drummond, l'année passée.

Fanny, une fille de 11 ans, était très contente d'avoir reçu pour sa fête un nouvel iPhone. Elle s'est dépêchée d'installer des applications qu'elle aimait pour parler avec ses amies. C'est sa BFF, Laura, qui lui a présenté *Nadia, la chatte qui jase.*

Dans ce jeu, tu regardes un chat qui a une vie, comme un humain. Il te répond quand tu lui parles. Laura, elle, utilisait Luc, l'autre félin verbomoteur. Cela fonctionne comme avec Nadia, mais c'est une race de chat différente. Nadia est une chatte, Luc est un chat.

Bref, dans les deux cas, il y a un mode enfant et un mode adulte. Si tu les utilises en mode pour les jeunes, il n'y a aucun danger.

Si tu préfères le mode pour les grands, ce n'est pas risqué non plus.

Des rumeurs, au début, disaient que des kidnappeurs d'enfants se cachaient derrière ces programmes. Ils profitaient de la caméra pour prendre des photos et pour récolter de l'information par clavardage. Si tu cherches sur Internet avec les bons mots clés, tu trouveras même des reportages sur des enfants disparus.

Mais ce n'est pas pour ça que ces applications sont dangereuses.

Fanny et Laura l'ont appris à leurs dépens, un soir où elles veillaient, en pyjama, chez Fanny. Elles ont toutes les deux ouvert leur application. Chacune de leur côté, elles discutaient avec leur animal virtuel.

Tout allait bien, jusqu'à ce que les filles décident de présenter les deux chats l'un à l'autre. Elles ont placé leurs cellulaires face à face. Les yeux de Nadia se sont agrandis, tandis que Luc a cessé de faire sa danse de félin pour fixer l'écran.

Les deux chats ont ouvert leur gueule pour se montrer leurs crocs. Les deux filles ont senti leurs téléphones vibrer dans leurs mains, comme si les deux animaux feulaient pour de vrai. Fanny et Laura se sont regardées pendant un moment sans rien dire. Le silence devenait de plus en plus lourd. Le seul éclairage de la chambre de Fanny était celui provenant de leurs appareils électroniques. Des ombres s'étendaient sur les murs autour des deux jeunes filles. Elles se sentaient de moins en moins à l'aise.

Nadia s'est mise à parler avec une voix grave, comme si elle provenait du fond d'une caverne. Les mots qu'elle prononçait n'avaient aucun sens. Luc l'imitait avec un timbre très semblable.

Au bout d'un moment, Fanny a dit à son amie que ce jeu n'était plus du tout amusant. Elle a repris son cell, tandis que Laura a attrapé le sien. Dès qu'elles ont regardé dans les yeux des chats, c'était terminé pour elles. Elles n'avaient plus aucune chance de s'en sortir.

Ni Fanny ni Laura n'ont pu contrôler leurs muscles par la suite.

La première a senti ses doigts se diriger vers le clavier qui venait d'apparaître sur son écran. La deuxième n'a pas pu s'empêcher de poser ses pouces sur les touches.

Elles se sont mises à taper rapidement des suites de caractères, sans pouvoir s'arrêter. Instantanément, sur les deux écrans, Luc et Nadia se sont transformés. Les deux chats adorables sont devenus des bêtes aux tentacules dotés de griffes immenses. Leur visage, déformé par des yeux énormes, se terminait par une gueule au rictus angoissant d'où pointaient de petites dents triangulaires très effilées.

Fanny paniquait. Elle répétait sans cesse qu'elle était incapable de lâcher son appareil. Laura essayait de rester calme, mais ses yeux laissaient voir qu'elle perdait l'esprit.

Les deux filles tapaient si vite qu'elles en avaient mal aux mains. L'écran de leur appareil respectif a commencé à gonfler, comme si quelque chose poussait de l'intérieur pour en sortir.

Des craquements sinistres ont résonné quand des lignes sont apparues sur les appareils. Fanny s'est levée et a plaqué Laura au sol en lui sautant dessus. Elle espérait que le choc leur ferait lâcher les téléphones, mais c'était peine perdue. Elles se sont retrouvées l'une sur l'autre. Des appendices noirs sont sortis des écrans et ont agrippé les pouces qui tapaient toujours à toute vitesse.

Les deux filles ont senti un grand froid les envahir, comme si elles subissaient une douche glacée très intense. Ce qui sortait des téléphones s'insinuait en elles, glissait sous leur peau, sur leurs os, pour parcourir tout leur corps.

Fanny a commencé à être étourdie, tandis que Laura a crié qu'elle ne voyait plus rien.

Leurs pouces se sont enfoncés dans leurs appareils. Puis, leurs mains ont suivi. Puis, leurs avant-bras, suivis de leurs bras. Une lueur verte sortait des deux iPhone.

Autant Laura que Fanny ont compris que c'était fini. Elles ne pouvaient empêcher Nadia et Luc de les avaler dans leurs appareils électroniques.

Les fillettes ont complètement disparu. Quand la mère de Fanny est entrée dans la chambre, elle a été surprise que la pièce soit vide. Les deux téléphones étaient au sol, l'écran vers le haut, l'air tout à fait normaux.

Pourtant, une petite fille avait été aspirée dans chacun d'eux.

La mère de Fanny a appelé chez Laura, mais, là-bas non plus, aucune nouvelle des deux jeunes. Elles ont été portées disparues. Elles n'ont jamais été retrouvées.

Si tu ne me crois pas, tu n'as qu'à chercher un peu sur Internet.

Il existe des vidéos où l'on voit des enfants se faire aspirer par les esprits qui habitent leurs téléphones.

Si tu cherches vraiment bien, tu verras qui a envoyé ces films. Les expéditeurs portent toujours les pseudos des gamins tués par les chats. Comme si, dans les machines et sur Internet, ces enfants existaient encore un peu.

Une légende inspirée des louveteaux de Drummondville.

Aucune issue

Sois prudent si tu t'aventures dans des grottes. Bon, je sais, on t'a déjà dit qu'il pouvait y avoir des ours qui y dormaient. Parfois même d'autres animaux sauvages, comme des blaireaux ou des carcajous. Le genre de bêtes que tu ne veux pas croiser dans le noir quand tu es perdu en forêt.

Mais il y a une grotte un peu plus étrange que les autres. Elle est entre Saint-Sylvère et Lemieux, quelque part dans un boisé entre deux terres cultivées. L'entrée de la grotte est située près d'un gros pin qui détonne un peu. Autour, ce sont presque juste des érables, accompagnés de quelques bouleaux.

Tu vas voir facilement la grotte, si tu la cherches au bon endroit. Devant son entrée, à l'extérieur, il y a une grande arche blanche. Ça ressemble à de la pierre, mais c'est de l'os. C'est la mâchoire d'une baleine.

Je sais, tu te dis déjà que ça ne se peut pas, que ça n'a aucun sens. Mais tsé, des ossements de baleines, on peut en retrouver là où il y avait la mer de Champlain.

Ça fait qu'à cet endroit, il y a longtemps, les habitants ont réalisé que la grotte était spéciale. Ils ont pris le maxillaire inférieur du cétacé pour en marquer l'entrée, comme un avertissement.

Si tu es capable de l'éviter, ne franchis pas l'os. Il y en a qui l'ont fait... on ne les a jamais revus.

Des ados se sont donné le défi d'entrer dans la grotte et de l'explorer. Ils voulaient voir ce qu'ils pourraient y trouver. Même si le réseau ne fonctionne pas super bien quand on est sous autant de roc, certains messages sont passé. Des textos, des fichiers audio, des vidéos... Je te souhaite de ne jamais tomber sur le montage qui a été fait, parce que ça fait vraiment peur.

On trouve, au sol et dans les parois, des balles et des douilles de différents calibres. Par endroits, la pierre a volé en éclats, laissant des cicatrices sur les murs de la caverne.

Mais ce qui marque le plus les esprits, c'est le vélo d'enfant. Tu vas te demander comment un gamin a pu s'aventurer là à bicyclette... la réponse est obscure. Je ne le sais pas plus que toi. Ce que je peux te dire, c'est que la peinture mauve du cadre du vélo est à peine écaillée, la chaîne huilée, les freins resserrés. C'est comme si la caverne avait conservé la bicyclette en bon état.

Dans la vidéo la plus épeurante que j'aie vue, une fille s'aventure dans la grotte. Elle franchit la mâchoire et s'arrête le temps de se prendre en selfie avec l'os de baleine. Ensuite, quand elle entre, la lumière de sa vidéo change. On voit qu'elle allume sa lampe frontale, ce qui lui permet de savoir où elle marche. C'est long avant qu'il se passe quelque chose. Elle avance et, dans la vidéo, on entend seulement sa respiration. Elle inspire rapidement, par petits coups secs, parce qu'elle est stressée.

Et on perçoit de l'écho... Ses pas qui frottent sur le sol en pierre provoquent des crissements qui se répercutent sur les parois. Il y a plusieurs tunnels différents dans la grotte. L'exploratrice emprunte des galeries à droite et à gauche, sans les noter. Quand elle se retourne pour regarder derrière elle, on aperçoit une corde qui la relie à l'entrée. Elle se sent en sécurité, tsé.

Ça change.

Si t'écoutes la vidéo, tu verras qu'à 15 minutes, on entend un rire. C'est lointain, c'est faible, mais il est bien perceptible. Cristallin. Il recommence trois minutes plus tard. La fille qui filme est de plus en plus stressée. On l'entend qui commence à siffler quand elle inspire. Elle sort de son sac une pompe pour son asthme, mais ça ne semble pas super bien marcher.

La fille dit à la caméra qu'elle retourne sur ses pas, qu'elle veut s'en aller de là. C'est à ce moment-là qu'on entend un son très grave, très profond, qui provient de devant elle. Son cellulaire commence à bouger très rapidement. L'image devient plus floue et saccadée.

On entend de nouveau le rire, et il est accompagné d'un autre bruit.

Une clochette ; tsé, de celles qu'on attache au guidon d'un vélo d'enfant.

La fille remonte la corde qui lui sert à retrouver son chemin. À une intersection un peu tordue, c'est impossible de savoir où aller sans la corde. Sauf qu'à cet endroit, elle est sectionnée. On entend la fille dire « Merde, merde, merde ! » d'une voix paniquée, surtout quand elle s'approche et qu'on voit que le bout de la corde est coupé net. Il n'est pas effiloché par l'usure : la corde a été volontairement sectionnée.

L'image est floue pendant un moment, parce que l'exploratrice tourne sur elle-même en murmurant : « Rappelle-toi du chemin, t'es capable. » Son manque de conviction prouve qu'elle n'y croit pas vraiment.

Elle s'arrête finalement en s'approchant d'une paroi où est appuyé le vélo à la peinture mauve.

Cette bicyclette n'était pas là quand elle était passée la première fois. La vidéo commence à *shaker* pendant que la fille s'approche du vélo. On voit, au premier plan, la clochette sur le guidon.

C'est là que l'exploratrice perd les pédales. Elle se met à courir. On ne voit presque plus rien tellement le cellulaire bouge. On entend des pleurs et des cris, car la fille sursaute à plusieurs reprises, mais l'image ne nous montre pas ce qui la surprend.

Elle court d'un tunnel à l'autre.

À un moment, elle arrive à un nouveau carrefour. Elle ralentit le pas, mais sa respiration sifflante est bien perceptible.

À cette intersection, le vélo mauve est là, appuyé contre une paroi. Et on entend le rire cristallin d'une petite fille.

Si tu ralentis la vidéo, après la 45e minute, tu remarques qu'une forme marche devant la fille. Elle devient de plus en plus claire, si tu regardes le film à demi-vitesse.

À la toute fin, tu t'aperçois que la silhouette c'est celle d'une petite fille. Et qu'elle ne marche pas vraiment.

Elle roule, à vélo.

Et la vidéo s'arrête au moment où on la voit sonner la clochette.

Et tu sais comment la vidéo s'est retrouvée sur Internet?

Le gars qui l'a placée là l'explique en commentaire. Il s'en allait raconter des histoires de peur dans cette région-là quand une petite fille sur un vélo mauve lui a tendu le cellulaire.

Une légende inspirée des louveteaux de Daveluyville.

REMERCIEMENTS

Je tiens à remercier les partenaires du Partenariat territorial du Centre-du-Québec, plus particulièrement le Conseil des arts et des lettres du Québec ainsi que la Ville de Nicolet, pour leur soutien à ce projet.

Merci aussi à l'équipe de Culture Centre-du-Québec pour son appui dans le dépôt de cette demande et merci aux Scouts du District de l'Érable, section Centre-du-Québec, pour leur engagement dans ce projet.

Merci aux jeunes et aux animateurs et animatrices des huit groupes participants pour leur générosité, leur inventivité et leur imagination sans limites. Créer avec vous a été une expérience enrichissante pour moi.

Merci, Gabrielle, pour ton soutien à travers toutes mes aventures d'auteur, aussi étranges soient-elles. Merci, Rosanne et Hubert, d'accepter cette vie un peu différente de la normale.

Merci aux éditions Planète rebelle de donner vie à ce projet pour permettre à mes petites légendes de se promener et de semer la peur un peu partout.

—

Projet réalisé grâce au partenariat territorial du Conseil des arts et des lettres du Québec pour la région Centre-du-Québec.

En collaboration avec les Scouts du District de l'Érable, section Centre-du-Québec.

Mathieu Fortin raconte des histoires de peur depuis longtemps. Enfant, il était très peureux, et il utilise aujourd'hui son imagination débordante pour écrire des romans s'adressant autant aux enfants et aux adolescents qu'aux adultes. Il aime se promener dans les écoles et les bibliothèques pour parler de son métier et transmettre le goût de lire et d'écrire au plus grand nombre de gens possible.

Pour le trouver sur le Web : **Mathieuauteur.com**

Notre patrimoine oral regorge d'histoires terrifiantes et de nuits d'épouvante. Que ce soit en se rassemblant autour d'un feu de camp en grillant des guimauves ou dans une vieille cabane en sirotant un chocolat chaud par une nuit glaciale d'hiver, nous adorons faire surgir des fantômes et des monstres dans notre imaginaire pour nous faire frissonner. Lune rouge perpétue cette belle tradition en vous proposant les pires cauchemars de notre répertoire de peur.

Dans la même collection

Légendes étranges pour une nuit sanglante

de Mathieu Fortin